글로벌
거지 부부

글로벌 거지 부부

펴 낸 날 | 2014년 3월 26일 초판 1쇄
          2021년 3월 25일 초판 4쇄

지 은 이 | 박건우
펴 낸 이 | 이태권
책임편집 | 김주연
책임미술 | 정혜미
펴 낸 곳 | 소담출판사
          서울시 성북구 성북로5길 12 소담빌딩 301호 (우)02280
          전화 | 745-8566 팩스 | 747-3238
          e-mail | sodambooks@naver.com
          등록번호 | 제2-42호.(1979년 11월 14일)
          홈페이지 | www.dreamsodam.co.kr

ISBN 978-89-7381-744-3 03810

이 도서의 국립중앙도서관 출판시도서목록(CIP)은 서지정보유통지원시스템 홈페이지
(http://seoji.nl.go.kr)와 국가자료공동목록시스템(http://www.nl.go.kr/kolisnet)에서
이용하실 수 있습니다.(CIP제어번호: CIP2014007998)

• 이 책은 〈교보문고—북뉴스〉에 연재되었던 내용을 바탕으로 만들었습니다.
• 책값은 뒤표지에 있습니다.
• 잘못된 책은 구입하신 곳에서 교환해드립니다.

국적 초월, 나이 초월, 상식 초월,
9살 연상연하 커플의 무일푼 여행기

글로벌 거지 부부

박건우 지음

소담출판사

이것은 국적과 연령을 한 방에 쌩깐
결혼 4년 차 거지 부부 이야기

우연히 말을 섞게 되는 사람들로부터 결혼해서 행복하냐는 질문을 많이 받게 된다. 그럼 나는 망설일 것도 없이 격한 긍정의 표시를 나타내고, 열에 아홉은 다음과 같은 반응을 보인다.

"원래 신혼 때는 다 그래."
"조금만 더 살아봐."

위와 같은 말을 늘어놓는 사람들의 심리는 우리의 미래도 그들처럼 불행해져야만 자신들의 삶이 보상받을 수 있다고 믿는 듯하다. 하지만 안타깝게도 나는 그 기대를 채워주지 못할 것이다.

성인이 되어서도 2차 성장기의 반항아로 살아가고 있는 나의 삐뚤어짐이 그 모범 답안에 예외를 만들어버릴 테니 말이다.

이 책은 '대한민국 사회 부적응자'와 '일본 활동형 히키코모리'가 태국에서 만나 결혼에 이르는 과정과 결혼 후 집도 절도 없이 국외를 떠돌며 일어난 일화들로 채워졌다. 글쓰기를 훈련받지 아니한 까닭에 비록 문학적으로는 빈약할지 모르나 오히려 그것이 내용을 더 사실적으로 표현할 수 있을지도 모른다는 낙관적인 평계를 내세워 '기승전결, 육하원칙, 사망유희' 따윈 무시한 날것의 글들을 써 내려갔다.

읽는 이는 이 점 참고하여 헐거운 마음으로 책을 접해주길 바라며, 누구보다 낮은 눈높이에 있는 우리 부부를 통해 한껏 우월감을 느끼길 바란다.

그럼, 서론과 코털은 짧은 게 이상적이므로 머리말은 여기까지.

※이 책은 유사시 땔감으로 쓸 수 있도록 특별 제작된 종이 서적이니 항상 눈에 띄는 곳에 보관해두시오.

프롤로그-

미키를 만나기 전 나의 삶 ···

피겨스케이팅은 김연아가 있기 전과 후로 나뉜다.
마찬가지로 내 인생도 두 가지로 나뉜다.
미키를 만나기 전과 후로…….

부산에서 손가락이 안 보인다던 기타리스트의 2대 독자로 태어나 동요 대신 록 음악을 들으며 자란 나는 자연스레 히피 조상들의 자유로운 얼이 깃든 아이로 성장했다. 어려서부터 가죽점퍼와 선글라스를 좋아했고, 음악도 팝송만 듣던 9살 때, 혼자 동네 미용실에 가서 양쪽 귀에 구멍을 냈다가 친구들 사이에서 미친놈으로 소문이 났다. 고학년 때는 추잡한 그림을 그려 여학생들 가방에 몰래 집어넣거나, 고래를 잡은 후 팬티 안에 종이컵을 넣은 채 교탁 위에 올라 저질 댄스를 추는 행동들을 하면서, 타인의 미간을 번데기로 만드는 데 독보적인 재능을 보였다.

중학생이 되어서는 초등학교 때와 딴판으로 모두가 같은 옷에 스포츠머리를 해야 한다는 것과, 선후배 관계가 완전 수직인 학원 문화에 쉽게 적응할 수 없었다. 나는 그런 아이들의 수순처럼 학교를 겉도는 아이가 되었고, 선생들에게 나의 걸음은 방황으로, 나의 눈빛은 반항으로 해석되었다.

학업에 흥미가 없던 내가 이성과 친해지기 위한 수단으로 기타를 처음 잡게 된 것도 이때로, 나는 매주 주말마다 록 공연을 보러 다니다가 나의 첫 밴드인 '화공약품'이라는 팀을 만들어 닉네임 '우레탄'으로 활동했다.

고등학교에 올라가서는 머릿속을 헤엄치는 말들이 보다 상세한 언어로 표현 가능해지자 하고 싶은 말들을 거침없이 뱉어댔다.

당시 나는 MTV에 나오는 모든 록을 섭렵하며 자유와 평화, 아나키즘에 심취해 있었다. 그 영향으로 억지를 부리는 선생이 있으면 눈을 피하지 않고 비난했고, 얼굴이 오만상인 선배에게는 인상을 펴라는 말도 했다. 물론 일진들에게도 듣기 좋은 소리만 하진 않았다.

그 결과 입학 초기부터 하루라도 폭력에 시달리지 않는 날이 없을 정도였다. 매일같이 멍을 가라앉혀야 했고, 갈수록 학교생활이 지옥처럼 느껴지자 나는 혁명을 일으키기로 결심했다.

01 8개월 만에 세상에 나와 왼손밖에 사용할 줄 모르던 유년 시절.
02 초등학교 졸업 앨범 사진. 어려서부터 유독 빳빳한 나의 가운뎃손가락.

제일 첫 혁명으로 학업과 용모는 아무런 상관관계가 없다는 걸 증명하기 위해 혀를 뚫고 머리를 빨간색으로 염색한 뒤 등교했다.

당연히 난리가 났다. 선생과 선도부에게 만신창이가 될 정도로 두들겨 맞고 까인 데 또 까이고, 머리도 마구잡이로 잘렸다.

하지만 나는 굴하지 않았다. 내가 틀리지 않다는 것을 관철하기 위해 귀를 또 뚫고 학교에 가서 나를 상습적으로 구타한 일진들과 선도부, 그리고 말보다 손이 먼저인 선생들을 모조리 경찰에 신고했다. 그러나 경찰은 되레 나를 훈계했고, 어린 나이에 마음 털어놓을 곳이 없던 나는 스트레스를 감당하지 못하고 가지고 있던 기타를 교실에서 부숴버리기도 했다.

그 후로도 수시로 교무실에 찾아가서 선생들과 대화를 시도했지만 돌아오는 것은 주로 듣도 보도 못한 궤변뿐…….

그렇게 내가 학교의 관습에 도전한 대가는 입학한 해 쫓겨나는 것으로 막이 내려졌고, 나는 대한민국 교육제도에 대한 분노와 학교에 대한 그리움으로 한동안 교복 입은 학생들을 쳐다볼 수 없었다.

사회로 나갈 준비가 전혀 안 돼 있던 17살에 책가방 대신 기타를 짊어지고 숙식 가능한 연습실을 찾아 집을 나왔다.

그러다 한 밴드의 연락을 받고 찾아간 곳은 대전.

창문도 없는 어두컴컴한 지하 연습실을 거주지로 제공받고, 나는 길에 버려진 축축한 매트리스를 가져와 침대로 사용했다가 곧바로 옴에 걸리고 말았다.

옴 때문에 일상생활에 지장이 있을 정도로 전신이 가려운 상태에서도 최소한의 생활비는 벌기 위해 노점을 하며 하루하루를 가까스로 버텼지만, 정신이

미숙했던 탓에 눈에 비치는 모든 것이 비관적으로 보이는 날들이 잦았다.

설상가상 나를 대전까지 부른 밴드 멤버들 중 몇은 여자 문제를 일으키고 잠수를 타기 일쑤였고, 불면증이 심했던 나는 새벽만 되면 몽유병처럼 거리를 어슬렁거리다 급기야 남의 오토바이에 손을 대기 시작했다.

타던 오토바이에 기름이 떨어지면 또 다른 오토바이에 손을 댔고, 시간이 갈수록 아무런 죄의식 없이 같은 행동을 반복했다. 그러던 어느 날, 훔친 오토바이를 타고 좁은 골목길을 달리다가 옆을 지나던 차와 충돌할 뻔하면서 시비가 붙었는데, 마침 그 차 주인이 형사였던 까닭에 내 팔엔 바로 은팔찌가 채워졌다.

나는 거주지 불명의 이유로 10대의 나이에 소년원이 아닌 교도소에 갇혀, 살인범들과 함께 알몸 검사를 받고 죄수 사진도 찍었지만, 그 상황을 현실로 받아들이지 못하고 마치 깡패 영화를 찍는 듯한 착각에 빠져 있었다.

01 학교에서 쫓겨난 해의 모습.
02 성인이 되어서도 인연을 유지하고 있는 대전 밴드 멤버들.
이따금씩 내가 정상인지 의문이 들 때 이 두 사람을 찾아가면 그러한
의문이 말끔히 사라진다.

착각 속에 있던 탓인지 교도소 생활은 바깥세상보다 편안했다. 옴 덕분에 감방을 독실로 사용할 수 있었고, 생각보다 맛있는 콩밥은 삐쩍 곯았던 몸에 볼륨을 넣어주었다.

그러나 그 편안함은 오래가지 못했다. 한 달 만에 석방이 되면서 새로 부화한 인간의 모습으로 철문을 나섰지만, 세상이 너무 불편하게 느껴졌기 때문이다.

그렇게 청소년 시기에 찾아온 여러 가지 사건들은 내가 옳다고 생각했던 가치관에 커다란 혼란을 가져왔고, 나는 정신과 신세를 져야 할 정도로 심한 대인기피증과 우울증을 앓아야 했다.

불안한 정신 상태에서 거주지를 서울 인근으로 옮기고, 밴드들의 공연을 돕는 일로만 밖을 나가던 시기에, 평소 친분이 있던 밴드 '럭스'가 기타 자리를 제안해왔다. 럭스는 당시 밴드에서 거물급에 가까운 존재로 전국을 누비며

활동 중이었는데, 나는 거기에 적극 합류하기 위해 거주지를 서울 아현동으로 옮겨 밴드 '카우치' 멤버들과 함께 지냈다.

럭스를 하면서 '노브레인'에서 세션 기타를 치기도 하고, 밴드를 시작하면서부터 동경해오던 대형 무대에 서보는 영광도 누렸지만, 음악의 길은 항상 배고팠다.

그래서 밤에는 밴드를 하고, 낮에는 이화여대에서 식권을 팔며, 음악이 나의 길이 아닐 상황에 대비해 평소 관심 있었던 일본어 공부도 틈틈이 해두었다.

그러던 2005년, 3년간 몸담아왔던 럭스를, 총 두 장의 앨범과 한 장의 컴필레이션 앨범만을 남기고 멤버와의 불화라는 멋지지 않은 이유로 탈퇴.

인생에서 도려낸 럭스의 빈자리는 마치 염산을 끼얹은 것처럼 가슴에 깊은

흉터를 남겼다.

그로부터 두 달 뒤,

지인으로부터 MBC 모 음악 방송에 럭스가 출연한다는 소식을 듣고 본방 사수했다. 방송에는 내가 만든 노래가 나오면서 브라운관 밑에 '박건우'라는 이름이 깔렸다.

속으로는 반가웠지만 마치 옛 애인을 보는 듯한 애틋한 기분이 드는 게 싫어 애써 텔레비전을 꺼버렸다. 그러나 궁금증을 참지 못하고 다시 텔레비전을 켰을 땐, 내가 정확히 알고 있던 러닝타임의 노래가 중간에 끊긴 채 상기된 표정의 사회자들만이 시청자를 향해 사과하고 있었다. 텔레비전을 꺼둔 사이, 방송 사상 최초로 성기 노출 사건이 일어나고 만 것이다.

잠시 후 각종 언론에 성기 노출 사건이 대대적으로 보도되면서, 공식적으로

럭스 시절.

탈퇴 처리가 안 된 내 이름이 현존 멤버들과 함께 뉴스에 흘러나왔다.

럭스는 전 국민의 뜨거운 질타를 받았고, 온갖 루머 속에서 자숙의 시간을 가지게 됐는데, 뜬금없이도 현장에 없던 나까지 MBC 출연 금지 연예인 명단에 등재가 되고 말았다.

지금도 MBC는 자사 출연 금지 연예인 명단에 내 이름을 나란히 올리며 연예계에 데뷔한 적이 없는 나를 연예인으로 모셔주고 있다.

럭스를 그만두고 다음 단계를 위한 재정비를 하는 동안, 문득 자신의 생존 능력이 궁금해진 나는 노래방용 새우과자와 기타만 달랑 들고 무작정 일본으로 날아갔다.

그렇게 일본에 도착해서 며칠간은 새우과자로 버티며 불법 숙박업소(당시에는 몰랐음)를 찾아 저렴한 가격에 머물렀지만, 온 지 열흘가량이 지나자 당장 거리로 나앉을 판이었다. 그때 운 좋게도 직업소개소를 통해 바로 막노동을 시작할 수 있었는데, 소개받은 일들은 다음 날 손도 제대로 오므릴 수 없을 정도로 고된 일투성이었다.

어떤 날은 용광로, 어떤 날은 생선 공장으로 출근을 하며 장거리 이동 시에는 차비를 아끼기 위해 트럭 짐칸에 방수천을 덮고 누워 고속도로를 수차례 왕복하기도 했다. 그렇게 4주 정도를 꿀벌처럼 일하자 주머니 사정은 순식간에 윤택해졌다. 먼지 구덩이 같던 숙소를 탈출해 함께 일하던 불법 체류자들과 한방을 쓰는 넓은 곳으로 거주지를 옮겼고, 일을 쉬는 날엔 스코틀랜드풍 밴드에서 기타를 연주했다.

그렇게 일본 생활에 점점 적응해가며 생존 능력의 경험치를 올리고 있던 그때, 지금 떠올려봐도 믿을 수 없는 만남이 찾아왔다. 로커들만 모이는 바에서 일하는 지인을 만나러 간 어느 날, 일본인이라면 모르는 사람이 없고, 한국에서는 '린다린다'라는 곡으로 알려진 전설의 밴드 더 블루하츠의 멤버 한 명이 그곳으로 들어온 것이다.

순간 바에 있던 모든 사람들이 기립해 인사를 올렸고, 나 역시 예상치 못한 슈퍼스타의 등장을 신기해하며 쳐다봤는데, 잠시 후 그는 내가 한국인이라는 얘기를 듣고는 나를 자기 테이블로 불러들였다.

도쿄에서 개최된 한일펑크페스티벌에서.
나는 일본측 팀에 참가하여 럭스의 공연을 지켜보았다.

긴장된 표정으로 조심조심 그의 옆에 다가가 앉자 그는 카리스마 작렬하는 눈빛으로 나를 경직시키더니 금세 표정을 누그러뜨렸다. 그러고는 내뱉은 첫마디가 한류스타들의 성기 크기를 묻는 질문이었다.

"……."

나는 한류스타들의 성기 크기를 알 턱이 없었기 때문에 제대로 된 답변을 하지 못한 채 얼어 있었다. 그는 어쩔 줄 몰라 하는 나의 모습을 보며 즐거워하더니 연달아 외설스러운 말을 내뱉고는 이내 자리를 떴다. 이제껏 살면서 만난 가장 유명한 사람과의 첫 만남은 차마 글로 적기 민망한 대화들로 허무하게 끝이 났다.

슈퍼스타와의 꿈만 같은 만남을 뒤로하고 한국에 돌아와서는 웬만한 아르바이트보다 벌이가 좋은 밴드에 스카우트됐다. 밴드는 국내외 널리 알려진 곡들을 신 나는 록으로 재편곡하여 행사를 다니면서 나에게 매일 과분하리만큼 좋은 음식을 먹여주고, 잠도 좋은 데서 재워주었다. 하지만 마음 한편에는 남의 노래가 아닌 창작곡을 연주하고 싶다는 욕구가 강했다. 그러나 팀 내에서 나의 의견은 받아들여지지 않았고, 그로 인해 평소 행동에서부터 멤버들과 잦은 마찰을 빚었다.

그러던 2006년, 월드컵 행사에 출연하게 된 공중파 생방송에서 MR 반주를 마치 실제로 연주하는 척하고 있는 자신의 모습에 회의감을 느낀 나머지 돌발적으로 기타를 벗어던지고 무대에 드러눕는 민폐를 끼친 후 밴드를 나왔다.

그리고는 곧바로 배용준 박물관에 취직하여 욘사마 기념사진 찍는 일을 하던 중간에, 오랫동안 교제해오던 여자 친구와 가치관의 차이로 이별을 맞이

01 당시 나는 일본 나이로 치면 20살로 직업소개소 역사상 최연소 노동자였다. 일본에 도착한 초창기에 새우과자를 주식으로 먹다 질려버린 탓에 아직까지도 새우과자를 먹지 않는다.

02 막노동을 하며 먼지를 너무 많이 마신 나머지 침을 뱉으면 검은 침이 나왔고, 불규칙한 배변 습관으로 생긴 경미한 치질 증상은 지금까지도 이어지고 있다.

01 자전거 여행 첫날부터 한쪽 바퀴가 너덜너덜해졌다. 애초에 세발자전거는 장거리용이 아니다.
02 새도 넘기 힘들다는 하코네를 펑크 난 자전거를 끌고 종주.
03 잠은 자전거 덮개 안에 들어가 잤는데, 추위 때문에 콘센트가 있는 장소를 찾아 드라이기로 몸을 녹여가며 자야 했다.
04 세계문화유산인 후지산을 배경으로.

하고, 꿈에서도 욘사마가 나오자 나는 다시 일본으로 건너갔다.

일본에서는 두 달가량 건물 해체 작업을 하면서 모은 돈으로 노약자용 세발자전거를 구입해 자전거 여행을 떠났다. 하루이치방春—番: 입춘 후 부는 가장 큰 남풍이 불 때, 한국으로 치면 서울에서 부산쯤 되는 거리를 기어도 없는 자전거로 출발한 첫날, 강 다리에 삼각대를 두고 셀카를 찍다가 자전거 바구니에 들어 있던 모자와 장갑이 강으로 날아가고 말았다. 설상가상 강을 건너자마자 한쪽 타이어가 펑크 나고 앞 브레이크까지 고장이 났다.

나는 그런 자전거를 끌고 새도 넘기 힘들다는 하코네箱根를 넘어, 한낮에도 입김이 나오는 3월에 거리 노숙을 해가며 페달을 밟았다. 그러나 경찰의 연속 불심검문과 지독한 고독감, 피로 누적 등을 핑계로 완주에 실패하고 말았다.

그 후 예사롭지 않은 빈혈 때문에 귀국해서 병원에 가봤더니 20대 중반에 신체 나이가 이미 불혹이 넘어 있었다.

25살이 돼서야 처음으로 겨드랑이 털이 나고 신체적으로 완벽한 어른이 되었지만 내 정신은 여전히 10대 철부지로 사회에 만연한 사대주의와 유교 사상에 심한 거부감을 느끼고 있었다. 그러나 25살은, 완전 어른도 아니고 청소년도 아니었던 20대 초반의 반쪽 어른 시절과는 다르게, 내가 가진 재능에 맞는 현실적인 진로를 고민하지 않을 수 없었다. 그중 가장 큰 고민거리는 이제껏 해온 음악을 사활을 걸고 할지, 취미 정도로만 하며 살지였다. 이 두 가지의 길을 확실히 정하기 위해서는 우선 나의 재능을 냉정하게 판단할 필요가 있었다.

나는 내가 축이 된 밴드를 결성해서 청춘의 모든 에너지를 집중시켰다. 여러 곳에 데모 음원을 돌렸고, 설 수 있는 무대들을 직접 찾아다니며 공연도 많

미키를 만난 이후로 알게 된 유랑의 즐거움은 내 눈을 화려한 무대와 사회가
아닌 지도로 돌리게 하면서, 나는 '결혼 전과 후' 상당히 엇갈리는 사고를 가
지게 되었다.

이 했지만 반응은 미지근했다. 나는 개선책으로 음악의 장르를 바꾸는 쪽으로 방향을 틀면서, 그에 맞는 인맥을 만들기 위해 내가 끼기엔 과분한 자리까지 가서 좋아하지도 않는 술을 마셔댔다. 그런 노력을 하는 동안 점차 한 줄기의 빛처럼 시장의 틈새가 눈에 들어오기 시작했고, 좋은 예감이 머릿속을 채워나가고 있을 때 예상치 못한 변수가 일어났다.

팀의 가장 핵심 멤버가 사적인 이유로 팀을 떠나고 만 것이다. 불상사는 여기서 멈추지 않았다. 느닷없이 집안이 쓰러질 정도의 큰 악재가 찾아들었고, 엎친 데 덮친 격으로 친누나가 녹내장 말기로 시각장애인이 되고 말았다. 순식간에 들이닥친 하늘의 시련은 나의 숨통이라도 끊어버릴 작정이었는지, 내가 음악을 손에서 떼어놓고 늦깎이 사회인이 되는 과정을 밟게 만들었다. 그 예로 중졸이라는 학력이 상당히 만족스러웠던 나는 검정고시로 고졸이 되는 치욕을 치러야 했고, 동시에 두 가지 일을 할 수 없던 내가 일과 공부를 병행하여 관광통역가이드 자격증을 취득하는 초능력까지 발휘했다. 그렇게 자아를 봉인시키고 주변을 수습하다가 1년 만에 집안 문제에서 내가 빠져도 되는 상황이 찾아왔을 땐, 나는 이미 음악과 멀어져 있었다.

10년을 유지해오던 음악의 흐름이 완전히 무너져 있었던 것이다. 기분이 착잡했지만 억지로는 음악을 하고 싶지 않았던 나는 음악 대신 현실과 이상이 가장 잘 조합된 일거리를 찾아 나서고 싶었다. 그러나 사회성이 상당 부분 결여돼 있던 나로선 세상과 바로 타협할 수 없었다. 학교를 떠나 정신없이 겪은 다양한 나의 모습을 정리하고, 남들보다 과하게 뜨거웠던 혈기를 사회의 온도에 맞출 필요가 있었기 때문이다.

그런 찰나에 시기적절하게도 외국에 있던 친구와 친누나 마데의 권유로 태국에 기분 전환하러 떠났다가 지금 나의 반쪽인 미키를 만나게 되었고, 그때부터 내 인생의 2막이 시작된 것이 지금까지 내가 살아온 이야기다. 나는 '미키를 만나기 전 나의 삶'을 다음과 같은 정의로 마무리 짓고 싶다.

'뜬구름잡이의 26년 청춘 누아르!'

서로의 출현

무심코 미키의 어깨를 보자 한눈에도 출처가 분명한 비듬이 도넛 위에 뿌려진 설탕 가루마냥 데커레이션 되어 있었고 그녀의 모든 손가락엔 장기간 퇴적된 듯한 검은 때가 손톱의 여백을 메우고 있었다. 보통 '이성과 약속이 잡히면 평소보다 거울 한 번 더 보는 것이 여자'라는 고정관념을 멍키 스패너로 내려찍는 이 여자. 나는 살면서 이런 장르의 여자는 처음 본 나머지 이때부터 기이한 끌림을 느끼기 시작했다.

110V와
220V의
만남

때는 바야흐로 2009년 말. 태국의 수도 방콕에 체류 중이던 나는 더위로
밖을 나갈 의욕을 상실한 채 숙소 복도에 앉아 친구들과 수다를 떨고 있었다.
그것도 잠시, 폭염으로 입을 벌리는 것조차 힘겨워지자 연신 멍 때림 모드로
들어가 있던 그때, 국적 불명의 동양계 여인이 우리 앞으로 걸어왔다. 여인은
우리와 눈이 마주치자 그냥 지나가기 멋쩍었던지 어색한 미소를 띠며 일본 말
로 인사를 건네왔다.

"곤니치와!"

나는 날카롭게 생긴 탓에 한국에서조차 한국말 잘하는 일본 사람으로 오
해를 받아왔기 때문에 태연히 한국 사람이라고 대답했고, 그녀는 외국인의 억
양으로 "안녕하세요"를 말하곤 자기 방으로 들어갔다. 여인이 눈앞에서 사라
지자 남정네들의 쑥덕거림이 시작되었다.

"방금 지나간 여자는 어느 나라 사람일까?"

나는 홍콩이라고 대답했고, 친구들은 중국, 베트남, 필리핀 등을 말하다 금
세 태국 현지인으로 입이 모아졌다. 곧 알게 된 정답은 일본이었지만, 설마하

니 일본 여인이 이런 곳에 머물 거라고는 생각도 못 했다.

　이 숙소로 말하자면 일본에서 연금만으로는 유흥 생활이 빠듯한 색골 노인들과 행색이 의심스러운 장기 체류자들, 그리고 반쯤 환각 상태에 있는 듯한 사람들로 묘한 분위기를 풍기는 카오산 로드방콕의 여행자 거리로 저가 숙소의 경우 2인 기준 하루 숙박료 7,000원, 길거리 음식의 경우 한 끼니에 700원으로 해결 가능하다에서도 가장 더럽고 오래된 게스트하우스였기 때문이다. 노인들의 속옷이 빨랫줄에 한가득 널려 있는 곳에 딱 하나 걸려 있던 브라의 주인, 미키와의 첫 만남이었다.

결혼 1년 후 다시 찾아간 게스트하우스에서 처음 만난 순간을 재현.
흔히들 운명의 짝을 만나면 전기가 찌릿하다던데, 솔직히 말해 감전되는
느낌은 없었다. 그도 그럴 것이 한국은 220V, 일본은 110V······.
우린 전압이 다르잖아!?

결혼 3년 후, 같은 곳에서.

첫 데이트로
시체박물관

　잠시 후 숙소 빨래터에서 현지인들보다 더 후줄근한 옷차림으로 손빨래를 하고 있는 미키와 다시 마주쳤다. 이때 정식으로 통성명을 하고 모든 대화는 일본 말로 나눴는데, 처음엔 미키의 사투리 이세벤(伊勢弁): 간사이 지방 방언 중 하나가 너무 심해서 알아듣기가 쉽지 않았다. 태국을 10년 가까이 들락날락한 탓에 현지 사정에 매우 정통했던 미키는 태국이 초행길이던 나에게 인근 볼거리에 대해 설명해주다가, 자기가 두 번이나 찾아갔다던 시체박물관을 적극 추천해주었다(해맑은 얼굴로 '시체'라는 단어를 마구 써가며……).

　나는 어딘가 한가해 보이던 미키에게 당장 내일 시체박물관을 포함한 일일 가이드를 부탁했고 그녀는 맡겨두라는 식으로 흔쾌히 승낙했다. 다음 날 아침, 미키의 안내로 카오산 로드에서 가장 싼 10바트 350원 라면을 먹으러 갔다. 음침한 골목길에 있는 라면집은 한눈에 보아도 두 번은 망설여지는 위생 상태에, 라면을 만드는 아저씨의 땀이 국물 속으로 들어가 천연 조미료가 되는 그런 곳이었다. 그곳에서 미키는 한 그릇으론 부족했던지 순식간에 두 그릇을 바닥내고는 반 토막 난 빨대로 수돗물을 쪽쪽 빨아 마시며 내 식사가 끝나길 기다렸다.

　자랑할 게 없어서 빨리 먹는 걸 자랑하는 내가 여자 앞에서 아직도 젓가락질을 하고 있다니……. 쓸데없는 패배감 속에서 미키와 시체박물관이 있는 시리라즈 병원으로 향했다.

　시체박물관에는 사람 얼굴을 반으로 갈라놓은 것부터, 태국 사형수의 실제 주검, 안구와 혈관만 남겨진 시체 등이 전시되어 있었다. 이곳을 세 번째로 찾은 미키는 전시물은 구경하지 않고 선풍기 앞에 서서 땀에 젖은 등만 말리고 있다가 한참 떨어져 구경 중이던 나를 불렀다.

　"건우야, 이리 와봐~ 여기 엄청 큰 불알이 있어."

　'응?? 불알……?'

　미키의 목소리를 쫓아간 곳엔 정말이지 지름 1미터는 돼 보이는 거대한 불알이 수조 속에 담겨 있었다. 밀림의 기생충이 생식기 내로 들어가서 병적

으로 커져버린 원주민의 실제 불알로, 바로 옆에는 불알 주인의 사진과 함께 밀랍 인형도 전시되어 있었다. 미키는 그 밀랍 인형을 처음 봤을 때 바위에 앉아 있는 사람인 줄 알았다고 한다. 그러나 자세히 들여다보니 바

시체박물관에서 땀에 젖은 등을 말리고 있는 미키.

위가 아닌 거대한 불알이었다고…….

시체박물관 관람을 마치고 카오산 로드로 돌아오는 길에 공원에서 때마침 태국 국왕의 생일잔치 행사가 열리고 있었다. 곳곳에서 행사 관계자들이 무료 음식을 나눠주고 있었고 우리는 공짜를 놓칠세라 재빨리 양손 가득 먹을 것을 챙겨와 공원에 자리를 깔고 앉았다.

공짜라면 머리털 빼고는 민둥산이 되어도 좋은 나는 공짜 음식의 은총에 신이 나서 콧노래를 흥얼거리고 있었다. 그런데 아까부터 바람만 불었다 하면 미키 쪽에서 고개를 돌리고 싶은 냄새가 풍겨왔다.

무심코 미키의 어깨를 보자 한눈에도 출처가 분명한 비듬이 도넛 위에 뿌려진 설탕 가루마냥 데커레이션 되어 있었고 그녀의 모든 손가락엔 장기간 퇴적된 듯한 검은 때가 손톱의 여백을 메우고 있었다.

보통 '이성과 약속이 잡히면 평소보다 거울 한 번 더 보는 것이 여자'라는 고정관념을 멍키 스패너로 내려찍는 이 여자. 나는 살면서 이런 장르의 여자는 처음 본 나머지 이때부터 기이한 끌림을 느끼기 시작했다.

지금까지 교제해온 여인들은 모두가 어엿한 '숙녀'들이었다. 나는 빈번히 그녀들의 내숭에 하이킥을 꽂고 싶은 걸 참아가며 평범한 남자 친구 노릇을 하는 것에 지친 나머지, 솔로가 된 이후엔 여자 보기를 단순한 생명체 보듯이 봐왔다. 이때 혜성처럼 눈앞에 비듬을 달고 나타난 미키의 등장은 오랜만에 내 가슴을 고온으로 달궜고, 내 심장은 하루 만에 훈제가 되어버릴 지경이었다.

01 공짜 음식을 나눠주던 공원에서.
02 강력한 두피 냄새를 풍기는 머리.

046

천 년을
쌩까게 만드는
꾸리한 끌림

미키와 첫 데이트로 시체와 불알을 본 다음 날, 당분간 숙소를 옮길 계획이 없던 미키를 두고, 나는 앙코르와트를 보기 위해 캄보디아로 떠났다.

앙코르와트!

그게 먹는 건지 보는 건지도 모르던 유년 시절부터 숱하게 들어온 그 이름!

이곳에 발을 디뎠다는 사실만으로도 감개무량한 벅찬 가슴을 안고 유적지를 둘러보는 역사적인 그 순간, 내 의지와는 상관없이 머릿속을 상습적으로 출몰하는 미키 때문에 천하의 앙코르와트가 단순한 돌덩이로만 보일 지경이었다.

그렇게 앙코르와트에서는 아무런 인상도 얻지 못한 채 생각보다 일찍 태국행을 서둘렀고, 방콕으로 돌아오자마자 미키를 처음 만난 숙소로 찾아갔다.

설레는 마음으로 방문을 두드리자 엉뚱하게도 미키가 아닌 다른 사람이 나왔다. 확인해보니 미키는 이미 체크아웃을 하고 그곳을 떠난 상태.

'아…….'

천 년의 유구한 역사를 자랑하는 앙코르와트보다 단 한 번 만난 미키가 더 신비로웠던 나는 아쉬움을 감출 길이 없었지만, 여행 본래의 기분을 망치지 않기 위해 숙소 체크인을 하고 밖으로 나갔다.

　뚜렷한 목적지도 없이 발길이 안내하는 대로 걷다 보니 현지인들이 찾는 재래시장이 나왔다. 연말이라 그런지 북적대는 사람들로 인산인해를 이루고 있었는데, 바로 그때 거짓말처럼 주변이 아웃포커스 되면서 낯익은 피사체가 시야에 들어왔다.

　"미키다!!!!!"

　멀리서 본 미키는 40대쯤 돼 보이는 태국 여인과 함께 대화를 나누며 걷고 있었다. 나는 당장에라도 다가가 인사를 하고 싶었지만, 순간 발이 떨어지질 않았다.

　혹시 내가 말을 걸면 곤란해하는 건 아닐까 하는 생각에서부터, 나를 피하고 있다면 어쩌지 하는, 'B형' 주제에 '트리플A'스러운 발상 때문이었다.

　하지만 숙소를 나가게 된 이유만이라도 알고 싶었던 나는 용기를 내어 미키에게 다가가 인사를 건넸다. 미키는 아무렇지도 않게 인사를 받고서는 잠시 아무 말이 없었다. 나와 이곳에서 우연히 만난 것보다, 내가 예상보다 일찍 태국에 와 있다는 사실에 더 놀란 눈치였다.

　나는 '트리플A' 발상이 적중하길 원치 않았기 때문에 애써 미키의 눈치를 모르는 척 미키와 태국인 콥에게 즉흥적으로 저녁 식사를 제안했다. 그러면서 시간과 장소는 내가 임의로 정한 뒤 전화를 하겠다고 얘기하자, 미키는 긍정적인 대답만 남긴 채 다시 번잡한 시장통 속으로 사라졌다.

　사람이 누군가를 간절히 원하면 만나진다고 하더니……. 내가 상사병을 앓고 있었나?

앙코르와트가 있던 곳이 캄보디아
인지 깐따삐아인지, 그곳에서의 기
억은 오직 사진으로만 남아 있다.

그럼……
결혼할까?

친누나인 마데가 같은 시기에 태국에 와 있을 때, 눈이 불편한 마데를 안내해주던 외국인과 생선 요릿집에 간 적이 있었다. 착한 가격에 맛도 훌륭했던 그곳을 오늘 밤 저녁 장소로 정하고, 미키에게 전화를 걸었다.

신호가 간다.

쌩깐다.

신호가 간다.

쌩깐다.

신호.

쌩.

시장통에서 들었던 긍정적인 대답과 다르게 미키는 전화를 받지 않았다. 잠시 틈을 두고 다시 걸어봐도 상황은 마찬가지……. 결국 통화가 되지 않은 채 애타는 소갈딱지만 달래며 숙소로 돌아왔다.

살날이 얼마 남지 않은 사람처럼 초점 잃은 눈빛으로 목침대에 누워 형광

콥과 미키 그리고 파쿠. 미키와 콥은 내 영문 이름인 PARK을 일본식으로 읽어 '파쿠'라고 불렀다.

등을 바라보다 감기를 여러 번. 땅거미가 질 무렵, 복도 쪽에서 미키의 목소리가 들려왔다.

미키는 사람들에게 목소리로 기억될 정도로 독특한 음성을 가지고 있기 때문에 나는 의심할 여지 없이 서둘러 밖으로 나갔다. 아니나 다를까, 미키와 콥이 밥 먹으러 가자는 손짓을 하며 나를 부르고 있었다.

미키는 나를 보자마자 자기가 숙소를 옮긴 이유를 설명해주었다. 우리가 처음 만난 숙소에 친구인 콥이 찾아와 함께 머물려고 했으나, 태국 현지인은 투숙객으로 받아주지 않아 숙소를 옮길 수밖에 없었고, 내가 캄보디아에서 돌아오는 시기에 맞춰 다시 돌아오려 했었다고 말이다. 나는 그러한 사정도 모르고 미키를 섣불리 판단할 뻔했다.

이로써 혼자 꼬아놨던 오해의 끈이 풀리고, 나는 정리되지 않은 내 감정을 전부 확인해볼 심산으로 식당으로 향했다.

여기서 말하는 정리되지 않은 감정이란, 여행이라는 특수한 상황이 가져온 감정의 환각 효과가 '호감'과 '호기심' 중 어느 쪽인지 알 수 없다는 점으로, 귀국일이 정해져 있던 나로선 이러한 감정의 진실을 확인해야만 했다.

식사 자리에서 우리는 일본 영주권자인 콥과 일본어로 의사소통을 하며, 각국 문화에 대한 이야기를 나눴다. 화장실 뒤처리를 물로 하느냐, 휴지로 하느냐 하는 주제부터 시작해 종교, 국민성에 관한 이야기를 나누면서 분위기는 시종 화기애애했고, 생선 살이 앙상해져 갈수록 미키를 향한 내 마음은 '호감'이 맞다는 확신이 들기 시작했다. 그러다 끝에 비자 얘기가 나왔을 때 나는 찰나의 잔꾀를 발휘해 미키의 마음을 떠보았다.

나: 미키, 한국 비자 원해?

미키: 웅! 파쿠, 너는 일본 비자 원해?

나: 웅! 그럼…… 결혼할까?

미키: 웅!!!

순식간에 오간 장난스러운 대화 속에서 미키도 나에게 호감이 있음을 느낄 수 있었다. 나는 굳히기로 지금 뱉은 "웅"에 대해 무르기 불가를 선고했고, 미키는 한술 더 떠 4개월 뒤에 다가올 자기 생일에 맞춰 혼인신고를 하자고 했다.

이때 처음으로 서로의 나이를 알게 되었다. 내가 초등학교 4학년일 때 미키는 이미 사회인이었다는 사실을 알고 밥알이 코로 나올 정도로 놀랐지만, 전혀 개의치 않았다.

보통 이성 관계가 거치는 연애 과정을 한 번에 건너뛰고 바로 청혼을 해버린 나의 마음은 호감 그 이상이었음을 확인했기 때문이다.

우리가 결혼을 약속한 노천 식당.

한일 거지 부부의 탄생!

2주 만남으로
3개월
희망고문

매일 같이 있어도 모자랄 판에 나는 또다시 짜인 일정에 맞춰 친구들과 섬으로 떠나고, 미키는 같은 곳에 남아 시간을 보내기로 했다.

섬에서 나는 친구들에게 제일 먼저 유부남이 된다는 사실을 밝혔다. 친구들 모두 미키를 실제로 봐서일까? 상식적이지 않은 나의 얘기를 아무런 의심도 없이 축하해주었다. 내 주변에 평범한 친구들이 없는 건 사실이지만, 불과 며칠 전에 만난 여인과 당장 결혼한다는데 말리는 시늉조차 안 하다니…….

'나 품절남 된다니까, 요놈들아!'

다시 미키와 재회해서는 곧 부부가 될 사이인 만큼 편하게 대하려 했다. 하지만 나로선 아직 어색한 우리의 관계가 조심스러운 나머지 완전한 나를 드러내기에는 어느 정도 시간이 필요했다.

그러나 미키는 벌써부터 우리가 중년 부부나 된 것처럼 내가 물어보지 않아도 자기가 싼 똥의 모양을 상세히 설명해주면서 시간 따윈 필요 없는 쿨한 모습을 보였다.

사진 찍을 때만 브라를 벗는 남자 셋과 사진 찍을 때만 브라를 하는 여자 하나.

12월에 처음 만나 크리스마스를 함께 보내게 된 우리는 콥의 본가로 초대를 받아 태국 북부 지역인 파야오Phayao로 이동했다.

콥은 손님인 우리에게 맥주와 각종 벌레 안주를 대접해주고 다리가 잘 빠진 미녀들의 공연도 보여주었다. 나는 카메라를 들고 미녀들의 다리 동영상을 찍다가 미키에게 머리를 얻어맞기도 했다.

콥의 본가에는 거동이 불편해 집에서 한류 채널만 시청하시는 콥의 어머님이 계셨는데, 내가 인사드릴 때도 마침 한국 드라마를 보고 계셨다. 콥을 통해

나, 콥의 어머니, 미키, 콥.
안타깝게도 이곳을 다시 찾기 전, 콥
의 어머님께선 부처님 곁으로 떠나
고 마셨다. 우리가 실제 부부가 된
지 한 달이 지나서의 일이었다.

우리의 얘기를 들으신 어머님은 다음에는 진짜 부부가 되어 다시 놀러 오라는 말씀과 함께 한국 사람이 집에 처음 방문한 것을 포스터로 만드신다면서 기념 사진을 찍자고 하셨다.

그리하여 찍게 된 것이 위에 있는 사진으로, 이 사진은 나에게 있어 단순한 사진의 의미를 넘어 미키와 꼭 결혼을 성사시켜 이곳을 다시 찾아야겠다는 사명감을 심어주었다.

2010년 새해.

나는 예정된 귀국일에 맞춰 한국으로 돌아가고, 미키는 태국에 3개월을 더 체류한 다음 한국에 들르기로 했다.

지금부터 몸과 몸이 3,700킬로미터나 떨어지는 우리는 단 2주의 추억과 서로에 대한 신뢰만으로 3개월을 버텨야 한다.

2009년 태국에서.

미키 씨가
유치장에
있습니다!

한국 땅에 발을 디디자, 여행에 취해 있던 기분은 머지않아 제자리로 돌아왔다. 그러면서 앞으로 일어날 일들이 현실적으로 가능한지 냉정하게 따져보기 시작했다. 우선 결혼을 해도 될 정도로 이 여인을 사랑하고 있는지, 평생을 무책임하게 살아온 나란 놈이 가정을 돌볼 능력이나 있는지 하는 현실적인 고민에서부터 혹시 그녀에게 숨겨둔 자식이 있으면 어쩌지 하는 막연한 고민에 이르기까지 생각의 꼬리를 물면 물수록 고민은 고민을 낳기 시작했다.

게다가 당시 나에게 있어 결혼이라는 개념은 은하계 너머 안드로메다에 있었기 때문에 미래의 배우자를 위한 저축은커녕 재산이라고는 당장 주머니에 있는 푼돈이 전부였다.

다행스럽게도 귀국 다음 날부터 지인의 카페에서 일하면서 소소한 벌이는 있었지만, 몸이 고될 때면 코인 충전 의지는 쉽게 바닥을 드러냈다. 무엇보다 갓 27살이 된 나의 인생사에 더 이상의 새로운 로맨스가 없을 생각을 하니 아직 혈기 왕성한 남성호르몬들이 가엽기 짝이 없었다.

주변 사람들은 나의 얘기가 마치 영화의 한 장면 같다는 말을 하곤 했다.

그러나 그 영화가 멜로물인지 호러물인지 테이프를 돌려 봐야만 아는 나의 불안감은 아무도 몰랐을 것이다.

이러한 생각에 갇혀 복잡한 심경의 나날을 보내고 있던 어느 날, 태국에서 한 통의 전화가 걸려 왔다. 때는 자정을 넘긴 시각, 40~50대로 추정되는 중년 남성의 다급한 목소리였다.

"여긴 태국 출입국관리사무소입니다. 전화받는 분이 미키 씨 남편 되시죠? 미키 씨가 오늘 렌털 바이크로 차를 들이받는 사고를 일으켜서 현재 유치장에 있습니다!"

순간 내 표정은 심각하게 변했다. 상황도 그럴싸한 것이 함께 지내는 동안 몇 번이나 오토바이를 빌려 탔고, 가끔은 미키 혼자서도 오토바이를 타곤 했었기 때문이다. 다음 얘기가 이어졌다.

"지금 당장 태국으로 오셔서 합의를 봐주셔야만 미키 씨가 유치장에서 나갈 수 있습니다."

아무리 급한 일로 당장 오라고 한들, 나는 달랑 여권만 들고 공항에 가서 "태국이요"라고 할 만큼의 금전적인 여유가 없었다. 그런데 어떻게 내 사정을 다 알고 있는지 이렇게 말하는 것이었다.

"지금 당장 오시는 것이 어려우면 저에게 40만 원을 보내주십시오. 제가 보호자로 나서서 대신 합의를 봐드리겠습니다."

돈 얘기가 나오자 갑자기 꾼의 냄새가 확 풍겨왔다. 하지만 짧은 시간에 많은 생각을 할 수 없던 나는 일단 불러주는 계좌번호를 황급히 받아 적고 전화를 끊었다. 그리고 곧장 미키에게 전화를 걸었는데, 아니나 다를까 미키가 자다 깬 목소리로 전화를 받았다.

"여보세요."

"지금 어디야?"

"숙소지……."

"혹시 모르는 사람한테 내 전화번호 알려줬어?"

"전화번호……? 아! 얼마 전 바에서 알게 된 한국 사람이 내가 한국인과 결혼한다고 하니깐 네 전화번호 물어봐서 알려줬어. 왜?"

"다친 데는 없지? 혹시 오토바이 탔었어?"

"며칠 전에 타긴 탔는데, 왜?"

"아냐, 다시 전화할게. 자고 있어."

미키와 통화가 끝나자마자 사기라는 게 명백해진 출입국관리사무소에서 다시 전화가 걸려 왔다. 보통 이런 일은 아는 사람의 사돈의 팔촌의 오대 종손에게서나 일어나는 줄 알았는데 나에게 이런 일이 생긴 것에 헛웃음이 터져 나왔다. 일단은 나를 타깃으로 사기 치려는 사기꾼이 기특해서라도 장단을 맞춰주기로 했다.

꾼: 입금하셨나요?

나: 네~ 넉넉하게 한 1,000만 원 보냈습니다. 확인해보세요.

꾼: 네?! 왜 그렇게 많이 보내셨어요(환희에 가득 찬 목소리)!

나: 타지에서 고생하시는데 같은 국민끼리 도와야죠. 합의 잘 봐주시고 남는 돈으로 시원한 거 사 드세요.

꾼: 아이고, 감사합니다! 정말 감사합니다! 정말 감사합니다!

몇 분 뒤 또다시 사기꾼에게서 전화가 걸려 왔다. 마음 같아선 수화기 너머의 그분이 뒷목 잡고 쓰러질 때까지 골려주고 싶었지만, 이미 자정을 넘긴 시간이라 1절만 하기로 하고 마지막 전화를 받았다.

꾼: 입금이 아직 안 됐는데요?

나: 너 혼날래요? 너희 엄마한테 이른다!

꾼: 뭐요? 당신 지금 어디야? 감히 나랑 장난을 쳐 새끼야!!

나: 닥치고, 당신이랑 통화한 내용, 계좌번호, 이름 전부 다 저장해놨으니깐 잘 도망 다녀라(실제로는 살벌한 육두문자가 오갔다)!

꾼: 저…… 저기요, 저는 사람을 도우려고 한 건데 왜 그러십니까……. 억울하네요. 저는 예수를 믿어서 거짓말 안 합니다…….

갑자기 예수를 팔아 처량한 척 성대모사를 하는 사기꾼에게 못 배운 놈이 맘먹고 욕을 하면 얼마나 상스러운가를 들려주고 나서야 출입국관리사무소를 사칭한 사기 사건은 사죄로 막을 내렸고, 이날 이후로 미키는 한동안 한국 사람의 접근을 경계하게 됐다.

미키가 사기꾼을 만난 레게바.

결혼 통보는
공공장소에서

아직 집에는 결혼한다는 얘기를 하지 못했다.

내가 선뜻 얘기하지 못한 이유는 자유로운 나의 성격과는 다르게 집안이 꽤나 보수적이라 자칫 누구 하나 실려 가거나 잡혀가는 상황이 올 것 같아서였다.

그러한 이유로 나는 결혼을 '허락'이 아닌 '통보'를 하기로 결정했다.

미키가 한국에 들어올 날이 점점 다가오자, 나는 적당한 때를 벼르고 벼르다 가장 안전하다고 판단한 롯데월드 지하 식당으로 아빠와 누나 마데를 불러냈다. 거두절미, 미리 현상해둔 이 사진을 테이블 위에 올리며 "나 이 여자와 결혼한다"고 통보했다.

순간 아빠의 "뭣??!!!" 소리가 식당에 메아리쳤다.

이곳은 공공의 장소. 쫄지 않았다.

당신의 며느리가 될 사람은 나보다 9살 연상에 일본인이라는 이야기도 했다. 아빠의 얼굴이 식당 메뉴에 없던 아귀로 변했다.

살짝 쫄았다.

나는 용기를 내어 미리 생각해둔 두 가지 선택권을 제시했다.

하나. 나의 결혼을 인정하고 평화로운 관계를 유지한다.

둘. 오늘부로 남남이 된다.

이곳은 공공의 장소.

눈을 깔지 않고 아빠의 눈이 라식이 될 정도로 레이저를 쏴가며 대답을 기다렸다.

아빠의 대답은?

깊은 한숨과 함께 선택권에 없던 "네 인생 네가 알아서 해라"였다.

정말 의외였다.

인생의 많은 시간을 밖에서 보낸 탓에 어릴 적 알고 있던 아빠의 모습만 상상해왔는데, 세월은 아빠 입에서 뿜어져 나오는 화력을 갓난아기의 재채기만으로도 꺼질 것처럼 만들어놓았다.

하마터면 평생을 안고 살 뻔한 응어리를 덜어준 아빠에게 그 순간 갑자기 큰 빚을 진 듯한 기분이 들었다.

'아바이! 내 잘사는 모습으로 그 빚 다 갚으리라!'

둘이서
자유롭게
살고 싶어요

더 이상 국제전화가 아닌 서로의 육성을 라이브로 들을 수 있는 날이 왔다.

나는 드디어 미키를 만날 수 있다는 생각에 들뜬 마음으로 여유 있게 공항에 도착해서는 머리 가르마를 요리조리 타보고, 건드려봤자 바뀌지도 않는 가죽점퍼 매무새를 몇 번이나 가다듬었다.

그런데 너무 여유 있게 도착한 탓일까? 들뜬 마음이 진정될수록 쓸데없는 걱정이 들기 시작했다.

'태국에서 봤던 미키와 잠시 후 게이트로 빠져나올 사람이 전혀 다른 인격이면 어쩌지…….'

한술 더 떠 지금 이 걱정이 기우가 아닌 현실이라면, 이 결혼을 해야 하나 말아야 하나 하며 잠시 소설까지 쓰고 있던 사이, 입국 전광판에 태국발 비행기 도착이 떴다. 잠시 후 게이트 밖으로 미키가 모습을 드러냈다.

한국에서 미키를 보자 무척이나 반가웠지만, 3개월이라는 공백은 우리 사이에 아찔한 어색함을 만들어놓았다.

씨~익.
미키의 첫 해외 여행지는 한국으로, 이번이 세 번째 방문이었다.

우리는 포옹도 생략한 채 멋쩍게 그동안의 안부로 첫 말문을 열고서는 공항 근처의 숙소로 이동했다. 숙소에 도착해서도 마치 처음 보는 사람과 한방을 쓰는 것처럼 어색함은 가시질 않았다.

바로 내일이 미키와 함께 아빠 집에 인사를 하러 가는 날인데 나는 이 어색한 분위기를 극복하고 무사히 내일 행사를 마칠 수 있을지 걱정되어 쉽게 잠들지 못했다. 반면 나와 같을 줄 알았던 미키는 나의 고민은 알지도 못한 채 내일이 없는 사람처럼 잠들어 있었다.

다음 날, 동이 트자마자 아빠 집으로 향했다.

아빠와 미키의 긴장되는 첫 대면.

한국말을 전혀 못 하는 미키는 아빠의 경상도 억양이 마치 자기한테 불만이 있는 것처럼 들렸던지 나의 에두른 통역에도 불구하고 처음부터 방어적인 태도를 보였다. 그러더니 아빠가 무슨 말을 해도 웃음을 띠지 않고 고분고분하지도 않자, 아빠도 표정 관리가 안 되는 듯했다.

최소한의 가식도 모르는 미키와 아빠 사이에 도는 긴장감…….

긴장감은 팽팽하다 못해 이 두 사람을 대면시킨 내가 죄를 진 기분이 들 정도였다.

그때 아빠가 벌써부터 시아버지가 된 것처럼 질문을 던졌다.

"장래에 나를 모시고 살 수 있겠느냐?"

미키가 한 치의 망설임도 없이 대답했다.

"싫은데요嫌です."

표면적으로나마 긍정적인 대답을 할 법한 자리에서 미키의 여과장치 없는 대답에 나는 질겁하면서도 동시에 너무나 솔직한 태도에 감명을 받았다.

미키는 곧바로 "둘이서 자유롭게 살고 싶어요!"라고 당차게 말하고는 아까부터 엄중한 분위기가 내내 부담이 되었던지 눈물을 흘리고 말았다.

나도 이러한 분위기를 좀처럼 거스를 수 없던 것이 안 그래도 보수적인 집안에 하필이면 나 같은 놈이 2대 독자로 태어나는 바람에, 어려서부터 집안의 책임과 의례에 대해 지속적인 주입을 받아왔기 때문이다. 반듯하게 자라야만 했던 나는 고등학교에 입학한 지 얼마 되지 않아 퇴학을 당했고, 집을 떠나서는 명절에 한해 얼굴을 비치는 게 전부였다. 그때마다 집안 식구들의 온갖 잔소리를 마음속에 가운뎃손가락을 치켜들며 들어야 했다. 그런 장소에 외국인인 미키가 인사를 왔으니 압박을 느끼는 것은 당연했을지도 모른다.

나는 재빨리 상황을 수습시키고 서둘러 아빠 집을 나오면서 결심했다.

이 두 사람을 가급적 대면시키지 않기로……

아빠는 현재 자기 자식보다 미키를 더 챙기며, 때때로 나 같은 놈을 남편으로
둔 미키를 위로하곤 한다. 훗, 내가 반대로 얘기하는 것도 모르고…….

애정
적반하장!

여러 우려 속에서 가장 중요한 행사가 끝나고, 우리는 곧바로 서울, 춘천, 서해안, 대전, 논산, 공주, 부여, 구미, 대구 등지로 여행을 떠났다.

그런데 여행 초반부터 미키의 컨디션이 저조하더니 금세 몸살이 나고 말았다. 따뜻한 나라에서 아직 한파가 기승인 나라로 온 미키의 몸이 −40도 차에 그만 탈이 나고 만 것이다. 그런 상태라면 당연히 몸조리부터 해야 할 마당에 나는 한국을 더 보여주려고 욕심을 부린다는 것이 의도치 않게 미키를 힘들게 했고, 결국 일정 막바지에 들른 부산 할머니 댁에서 우린 처음으로 다투고 말았다.

할머니 집에 도착한 날은 마침 할아버지 제삿날이었다. 집에는 할머니 한 분만 계셨기 때문에 혼자서 모든 제사상을 준비하셔야 하는 상황이었다. 나는 옆에서 일손을 돕고, 미키는 몸 상태가 말이 아닌 만큼 누워 있었다.

나는 그런 미키가 안쓰럽고 미안하면서도, 한편으로는 1년에 한 번 볼까 말까 한 할머니 앞에 손자가 결혼할 사람이라고 데리고 온 처자가 누워만 있는 모습이 못마땅했다. 나는 섭섭한 나머지, 반쯤 잠들어 있는 미키 귀에다 대고 불만을 토로하고 말았다.

그런데 내 얘기가 끝나기 무섭게, 움직이는 것조차 버거워하던 미키가 집 밖으로 뛰쳐나갔다. 서둘러 뒤를 쫓아가자 미키는 나의 접근을 거부하며 골목 안 평상에 앉아 서럽게 울었다.

미키의 속사정은 이러했다.

처음 겪는 제사에 자기가 어디서 나서야 될지도 모르는 분위기 속에서, 일제강점기를 사신 할머니의 거센 일본어 때문에 본의 아닌 상처까지 받았는데, 나까지 아파서 누워 있는 걸 가지고 불만조로 얘기해버리니 미키로선 서럽기 짝이 없었던 것이다.

미키는 말이 나온 김에 한국에서 너무 많은 사람을 만났던 것과 이동이 잦았던 것도 심신이 다 힘들었다는 얘기를 하면서 울음을 그칠 줄 몰랐다. 바보 같은 나는 위로를 하려다가도 그 얘기가 마음에 안 들어 아픈 사람 면전에다 대고 내가 한 노력들을 따져댔다.

우린 서로를 잘못 인식하고 있었다.

여행지에서 만난 미키는 굉장히 사교적이고 활발한 사람인 줄 알았는데, 실제로는 내성적이고 고요함을 좋아하는 사람이라는 것을.

여행지에서 만난 나는 신사적이고, 뭐든지 이해해주는 둥글둥글한 사람이 었는데, 실제로는 까칠하고 생각이 깊지 못한 사람이라는 것을.

그러면서도 공통점은 있었다.

우린 둘 다 다혈질.

다혈질인 미키가 먼저 혼자만 일본에 갈 거라는 말을 꺼냈다. 다혈질인 나는 한 수 더 크게 두어 결혼을 깨자고 말했다.

둘 사이에 정적만이 흐르고…….

…….

음…….

으음…….

생각해보니…… 내가 나빴네?

악의는 없었지만 아무런 상의도 없이 일정을 짜버리고…….

미키의 몸 상태를 무시한 것도 모자라 무조건적인 이해만 바란 이기적인 행동을 하다니!

나는 내가 잘못했다는 것을 깨우친 순간 미키를 붙잡고 진심 어린 사과를 했다. 그러자 미키는 혼자만 일본에 가겠다는 말을 도로 집어넣으면서 붉게 충혈된 눈으로 다음과 같은 말을 내뱉었다.

"그럼…… 일단 (결혼)해보자."

이렇게 애정전선의 첫 위기를 모면하면서 바로 "응"이라고 대답한 나는 돌연 의문이 들기 시작했다.

결혼에 '일단'이라는 게 있나?

'비듬', 사랑의 마니또

어느덧 일본으로 출국하는 날이 다가오고, 비행기에 오르기에 앞서 저쪽 집안에 건넬 선물을 사고 나니 수중에 27만 원밖에 남질 않았다.

음⋯⋯.

27살에 27만 원이라⋯⋯.

인생을 어떻게 살았기에 이렇게 돈이 없을까?

허탈하고 한심하면서도, 용케 이 상태로 신붓감을 얻은 나의 배짱이 국보급으로 대견스러웠다.

나는 태국에서 이미 미키에게 이 몸은 재산도 없고, 월세살이에, 현재 무직이라는 것과 함께 사회 부적응자라는 얘기까지 털어놨다.

미키는 나의 얘기를 듣고 다소 실망한 기색을 보였지만 곧바로 이렇게 말했다.

"일본에서 기숙사가 딸린 직장을 구할 테니 거기서부터 둘의 인생을 시작해보는 게 어때? 난 네가 노력할 거라고 믿어. 내 눈은 틀림없거든. 씨~익."

헉! 뜨악! 따오!

이 여자 너무 멋있다…….

요즘 같은 세상에 어떻게 이런 여자가 36살이 되도록 미혼이었던 걸까?

추측건대 내가 미키에게 끌리는 결정적인 계기를 제공해준 비듬이, 지금까지 접근하던 남자들의 발길을 돌려보낸 것이 틀림없다.

나는 비듬이 뭐야, 떡 진 머리로 코를 파가며 변기에 앉아 있는 모습도 사랑스러운데…….

사람 참 별나게 살아볼 일이다.

01 20년 전에 구제로 구입한 옷을 아직도 애용하는 비듬녀.
02 사진 오른쪽의 미키 양말은 단지 내가 선물해줬다는 이유만으로 무려 3년을 기워 신었고, 아래쪽의 닳아 해진 지갑은 미키가 23살 때 구입해서 아직도 사용하고 있다.

장모와
첫 만남에
더치페이

미키네 집에 인사를 가기 전, 나는 저쪽 집안에 나에 대한 아무런 기대도 심어주지 않기 위해 사위가 아닌 그냥 외국인 혹은 손님 정도로만 나를 인식시키려는 작전을 세웠다.

작전 진영은 미에현三重縣.

일본을 꽤나 가봤지만 미에현은 처음 들어보았다. 현縣은 소위 말하는 시골로서 그곳까지 도달하려면 비행기에서 배로 갈아타고, 선착장에서 집까지는 차를 또 타야 한다. 우리는 대중교통이 없는 관계로 장모 될 사람에게 마중을 부탁해둔 상태였다.

선착장에 도착하자 소싯적 버스 뒷좌석에 좀 앉았을 것 같은 풍채의 장모가 나와 있었다. 입에는 담배를 물고, 밤무대 스테이지에서 갓 내려온 듯한 복장에 미간에 깊게 팬 주름은 첫인상부터 대단히 예사롭지 않았다.

나는 애써 쫄지 않은 척하며 내가 외국인이라는 사실을 인식시키기 위해 초반부터 말끝을 반 토막으로 잘랐다. 그러나 장모는 나의 의도가 무색하리만치 내 존재를 의식하지 않았다. 그리고 집에 가기 전 다방에 먼저 데려가서는 나에 대한 기본적인 호구 조사도 생략하고 다짜고짜 애부터 낳으란다. 평생을 혼자 지낼 줄 알았던 딸이 언제 또 신랑감을 데려올까 싶어 조바심이 났었나 보다. 나는 장모에게 우리 2세를 성인이 될 때까지 키워주면 생각해보겠다고 대답했다. 그러자 장모는 기가 막힌 듯 혀를 찼지만, 표정에서 결혼에 대한 반대 의사는 없어 보였다.

다행이었다.

나를 기가 찬 놈으로 인식한 것 같다. 처음부터 기대 따윈 없어 보이는 길조다.

대화가 일단락되고 자리에서 일어서는 분위기가 되자 장모가 본인이 주문한 음료의 돈을 건넸다. 내 아무리 사정이 넉넉지 못하다 한들 돈을 받기가 민

아무것도 바랄 수 없게 만드는 완벽한 용모의 외국인.

망해서 손사래를 쳤지만, 미키는 그런 나를 이해 안 되는 눈빛으로 바라보더니 자기 돈도 따로 꺼냈다. 순간 일본 친구 집에서 밥을 먹고 식대를 청구받았던 황당한 옛 기억이 떠오르면서, 나는 이곳 정서에 맞춰 두 사람의 돈을 받아버리고 말았다.

4대가 한집에 살며, 부업으로 쌀농사를 짓는 미키네 본가에 도착하자 제일 먼저 미키네 할머니께서 나를 미키로 잘못 보시고는 36년간 쭉 봐온 것처럼 반겨주셨다. 나는 의도완 다르게 몸에 밴 공손함(?) 때문에 할머니를 비롯해 마주치는 식구들마다 깍듯한 인사를 올렸는데, 의아하게도 나를 본 그 누구도 내 존재에 대해 묻는 사람이 없었다. 심지어 밥도 모두 따로 먹는 분위기에, 가족 간의 대화도 없는 것이 약간의 컬처 쇼크로까지 느껴졌다.

이렇게 첫날은 가족들과의 시선 교환도 없이 투명인간 취급을 받으며 끝이 났다.

후문에 의하면, 딸의 결혼 상대를 투명인간 취급하는 집안은 일본에서 일반적이지 않다고 한다.

또 하나 후문에 의하면, 친구 집에서 식대를 낸 것과 장모와 더치페이를 하는 것 역시 일본에서 일반적이지 않다고 한다.

마지막 후문에 의하면, 내가 한국에서 사간 선물값을 장모가 그대로 돌려주었다고 한다.

!!!!!!!!!!!!!!!!!!!!!!!!

결혼 축하
충돌 세리머니

일본 도착 다음 날, 미키의 "일단 (결혼)하자"라는 말에 따라 혼인신고를 하러 갔다. 미키의 낡은 경차를 타고 구청으로 가는 차 안에서 나는 잠시 후면 일본 나이로 겨우 25살에 더는 총각 소리를 들을 수 없는 상황을 맞이하는데도 전혀 특별한 기분이 들지 않았다.

일본의 혼인제도는 외동딸이 아니고서야 남편의 성을 따르는 게 원칙이다. 그러나 국제결혼만이 예외로 남편의 성을 따를지 지금 성을 유지할지 선택할 수 있게 되어 있다. 문득 미키가 내 성을 따랐을 경우를 상상해보았다.

"박, 미 자, 키 자 님" "박미키 고객님" "MIKI PARK" "朴美紀" 등등…….

거참, 어감도 어색하고 이국적인 외모의 미키에게 '박'씨는 아니올시다였다.

게다가 성이 바뀌면 여권을 비롯한 모든 서류상의 이름을 바꿔야 하는 번거로움까지 있어서 우리는 각자의 성을 유지하기로 한 채 일본에서의 혼인신고를 마쳤다.

이제 나만 한국으로 돌아가 신고를 마치면 우린 양국에서 완벽한 부부가 된다.

'나카가와 미키'에서 '박미키'가 될 뻔한 순간.

구청을 나와 곧바로 미에현에서 가장 유명한 관광지인 이세신궁伊勢神宮: 미
에현에 있는 일본 3대 신궁으로 해마다 600만 명의 참배객이 찾는다으로 향하는 차 안에서 우리는
처음으로 "여보~"라는 호칭을 써보며 수줍게 히히덕거리고 있었다. 그런데 갑
자기 옆을 달리던 차량이 내 쪽을 들이받으면서 차가 멈춰 섰다. 서둘러 바깥
상황을 살펴보니 한눈에도 상대편 과실이 분명했다.

그러나 상대편 차량에서 내린 사람은 일본판 김여사로 사과도 싸가지도
없이 눈을 부라리며 우리 쪽 과실로 덮어씌우려 했다. 순간 토종 욕을 메들리
로 퍼붓고 싶었지만 다친 사람도 없고, 충돌도 경미했기 때문에 우린 큰 언쟁

없이 김여사와 함께 경찰서로 갔다.

미키 혼자 교통과에서 조서를 쓰고 있는 동안 나는 경찰서 보호자 벤치에 앉아 갖가지 망상에 잠겼다.

'어떻게 부부가 된 지 10분도 안 돼서 이런 일이 일어나지? 앞으로 일어날 불행한 일들의 신호탄인가? 아님 생일빵 같은 축하 세리머니인가? 세리머니 치고는 전혀 기쁘지 않군!'

그때 조서를 마친 미키가 썩소를 띠고 나오며 말했다.

"운전을 17년간 해왔지만, 접촉 사고는 처음이야."

미키의 말에 기분이 오싹해진 나는 오늘은 모든 일정을 취소하고 집으로 돌아가는 게 좋겠다고 말했다.

그리하여 행선지를 집으로 변경하고 경찰서 문을 나서는데, 기가 막힌 타이밍으로 비가 쏟아지는 세리머니가 시작되었다. 나는 세리머니에 고마움이라도 표시할 작정으로 하늘을 올려다보았다.

그리고, 메들리를 했다.

잠잠하다
싶었다,
다케시마…….

혼인신고를 한 다음 날이 돼서야 집에서 처음으로 미키의 오빠와 마주쳤다. 이 집안의 내력인가? 역시나 예사롭지 않은 인상이다.

나는 투명인간임을 잠시 망각하고 인사를 해봤다. 형님은 고개를 까딱하는 시늉을 짓더니 나에게 처음 건넨 말이 "히로미짱(미키의 새언니) 어디 있노?"였다.

그러고는 대답도 듣지 않고 사라졌다. 그날 저녁 히로미짱이 동네 주민들이 모인 바비큐 파티에 우릴 초대했다. 시간보다 조금 늦게 도착하자 술판이 한창에, 사방이 고기 굽는 연기로 가득했다. 그때 자욱한 연기 사이 멀리로 형님의 모습이 눈에 들어왔다. 얼굴을 보니 술을 꽤나 잡순 듯한 그는 나와 눈이 마주치자마자 동네 사람 다 들으라는 듯이 아주 도발적인 질문을 던졌다.

"어이, 자네! 다케시마는 누구 땅이라고 생각하는가?"

순간 모든 사람들의 시선이 나를 향했다.

나는 일본에서 몇 번이고 같은 상황을 겪은 적이 있었기 때문에 크게 열받을 것도 없이 태연히 대답했다.

"우리는 그걸 '독도'라고 부르지. 나는 한국에서 한국 영토로 배웠고."

나의 대답을 들은 형님은 목에 핏대를 세우더니 "여러분! 일본이 힘이 약해져서 이런 일이 일어납니다!"라며 주변 사람들의 동조를 구했다. 그러나 현장에 있던 사람들은 동조는커녕 파티에 찬물을 끼얹는 형님의 행동을 말리기에 급급했다.

만약 나에게 유사한 경험이 없었더라면 덩달아 목에 핏대를 세워가며 형님의 얼굴을 타액으로 도배했겠지만 나는 그러지 않았다.

이때는 이미 양국의 역사관이 다르다는 사실과 그가 아무리 독도를 자기네 영토라고 여긴들 여권 없이는 갈 수 없다는 걸 알고 있었기 때문이다.

형님과 앞으로 마주칠 일이 수두룩할 텐데, 거참 만날 때마다 피곤하게 생겼다.

둘이서 골목 한번 들어갔다 와야 되나?

히로미짱은 깜짝 선물로 우리의 이름이 들어간 결혼 케이크를 준비해 왔지만, 형님의 발언으로 심기가 불편해진 나는 상황을 즐길 기분이 아니었다.

처가댁은
지금도
쇼와 昭和:1926~1989 시대

한국에 가기 전까지 나는 미키네 본가에 머물면서, 미키가 밥을 차려주면 답례로 설거지를 했다. 오랜 시간 자취를 해온 나로서는 당연한 일인데도 미키는 그것을 굉장히 흡족해했다.

그러나 장모는 우연이라도 내가 설거지하는 모습을 목격할 때면 남자가 부엌에서 손에 물을 묻히고 있는 모습이 익숙지 않았던지 미키를 심한 말로 야단쳤다. 그건 내가 외부인이라서가 아니었다. 이유는 황당하게도 성별 문제에 있었다.

장모는 남자가 옷을 아무 데나 벗어던지거나 집 안을 어지럽히는 건 지극히 아무렇지 않지만, 여자가 조금이라도 비슷한 행동을 하면 그건 절대 그냥 넘어갈 수 없다고 한다.

'헐……'

이건 문화의 차이가 아닌 장모의 고정관념이라는 생각이 든 나는 억울하게 성차별을 당하는 미키를 대신해 '요즘세상 남녀평등'을 주장해봤지만, 장모는 너무나도 완고해서 차라리 벽에 대고 얘기하는 게 나을 정도였다.

나 설거지 → 미키 털림

나 안 설거지 → 미키 삐침

……밥은 나가서 먹어야겠다.

귀국 전날, 미키네 가족 전원과 외식할 기회가 생겼다. 일주일을 지내면서
가족 모두가 한곳에 모인 것은 처음인 자리에서 제일 먼저 우리의 결혼식에 관
한 이야기가 나왔다.

우리가 인생의 많은 시간을 밖에서 보내지 않았더라면 지금처럼 유연한
사고를 가질 수 있었을까?

한국에서도 이미 나왔던 식 문제는 양가 모두 자국과 다른 문화는 이해하려 하지 않는다는 이유로 식을 무기한 미룬다고 대답했다. 나의 역설적인 표현에 반응이 싸― 했다.

다음으론 한국에 관한 질문이 쏟아졌다.

미키네 할머니께선 한국에 텔레비전이 있느냐고 물으셨고, 미키네 새아빠는 미키가 한국에서 납치당하면 어떻게 찾아야 되는지 물으셨다.

'아놔…… 도대체 어디서 멈춘 거야…….'

대답하면서도 웃겼지만, 할머니 질문엔 요새는 텔레비전을 벽에 걸고 본다고 대답했고, 새아빠 질문엔 거긴 북한이라고 대답했다.

식사가 끝날 즈음 장모가 깜짝 이벤트로 턱시도와 웨딩드레스를 빌려와 우리는 난데없이 웨딩 촬영을 하게 됐다. 장모의 예상치 못한 이벤트에 나는 크게 감동하며 미키와 함께 식당 한편에 숨어 옷을 갈아입었다.

그리고 잠시 후, 미키가 웨딩드레스 차림에 손에 부케를 들고 등장했다.

'흠…….'

처음 보는 미키의 웨딩드레스 모습이 도무지 아름답다는 생각이 들지 않았다. 그 모습에는 최초에 나를 끌리게 만들었던 꾸리꾸리한 매력도 없었다.

미키 역시 나의 턱시도 차림을 그저 그런 눈빛으로만 쳐다보며 속으로 나와 같은 말을 하고 있는 게 느껴졌다.

'풉! 너 완전 웃겨!!!'

KOREA	한국과 일본의 예식 문화	JAPAN
많이 올수록 좋음 친분만 있으면 청첩장 없어도 됨	하객	철저히 초대받은 사람만 참석 가능
식권	하객 답례	식사 + 선물 제공
정장, 캐주얼 등	하객 의상	밝은 정장 혹은 드레스
30,000~	축의금	300,000~
신랑 신부 뒤통수	하객 시선	신랑 신부 면상
열림	식장 문	닫힘
신랑	집	신랑 혹은 같이
신부가 한 방에 다 구입	혼수	한 방에 혹은 살면서 구입

미키 옹翁의
명언

미키를 일본에 홀로 두고 한국에 귀국하자마자 혼인신고를 마쳤다.

이로써 첫 만남부터 4개월 만에 양국에서 완벽한 부부가 되면서 나는 또래들 중 가장 빨리 유부남이 되었다.

하지만 실감이 나질 않았다. 나는 단발머리에 여전히 가죽점퍼를 입고 있고, 비장한 마음가짐이나 앞으로의 포부 따윈 없었기 때문이다. 그것은 상대방이 미키였기 때문에 가능한 일이었다고 지금도 생각한다. 미키는 내가 돈이 없어도 너무 없다는 사실에 놀라긴 했지만, 그렇다고 결혼을 주저하는 모습은 단 한 번도 보이지 않았다. 나는 오히려 그런 미키의 모습에 놀라, 한국의 전반적인 결혼 문화 즉, 빚을 내서라도 집을 갖춰야 하는 의무와 갑오개혁 한 세기가 지난 지금도 집안 배경이 사랑보다 우월한 풍토 등을 설명하며, 나 같은 한국 남자가 신부를 얻는 것은 기적과도 같다는 얘길 해주었다.

그러자 가만히 듣고 있던 미키가 고개를 갸우뚱하더니 아주 뼈 있는 한마디를 던졌다.

"결혼은 서로 좋아서 하는 거 아냐?"

"결혼은 서로 좋아서 하는 거 아냐?"

출입국관리사무소에
울려 퍼진
아리랑

혼인신고를 마치고 다시 돌아온 일본.

나는 일본 공항에 도착해 체류 예정일을 넉넉하게 적은 입국 카드를 심사대에 제출했다. 심사대에 나란히 서 있던 승객들 모두 순조롭게 여권에 도장을 받고 빠져나갔다. 그런데 내 차례가 되자 심사관은 어딘가 미심쩍은 얼굴로 내 여권과 입국 카드를 번갈아 보더니 자리에서 벌떡 일어나 나를 손가락질하며 보안관을 호출했다.

"이 사람 뭔가 수상합니다!"

나는 영문도 모른 채 공항 내 출입국관리사무소로 끌려갔다. 그러자 아주 괴팍하게 생긴 관리소 직원 하나가 나에게 오더니 무슨 목적으로 일본에 왔는지 물었다.

나는 배우자가 일본인이라서 거주 목적으로 왔다고 대답했다. 그러나 직원은 내가 마치 입만 뻥긋하고 소리는 내지 않았다는 듯이 똑같은 질문을 반복해 물었다. 나는 혼인관계증명서가 들어 있는 위탁 수화물을 가져다주면 사실을 증명해 보일 수 있다고 말했다. 그러자 말이 떨어지기 무섭게 다른 직원이 내 가방을 찾아왔다. 그 직원은 나와 눈이 마주치자 마치 범죄자를 쳐다보는 듯한 눈빛으로 나를 흘기더니 경멸스럽다는 표정까지 지었다. 순간 화가 치밀었지만 당장에라도 이곳을 빠져나가기 위해 나는 가방에서 혼인과 관련된 모든 서류를 꺼내 던지듯 내밀었다. 그런데도 직원은 눈앞에 놓인 서류를 보고도 못 믿겠다는 듯, 미키에게 전화를 걸어 서로의 답이 일치하는지 대질심문까지 했다. 전화는 30분 이상 이어졌고, 공항에 2시간 넘게 발이 묶여버린 상황에서 보안관이 나에게 다가와 강제 송환될 가능성이 있다고 말했다.

그 말에 어처구니가 없던 나는 '될 대로 되라!' 식으로 수화물에 있던 미니 통기타를 꺼내 한을 가득 담은 아리랑을 연주하기 시작했다.

나의 돌발 행동에 당황한 관리소 직원은 곧바로 나를 제지하면서 험악한 말을 퍼부었다. 하지만 나는 멀쩡한 사람을 허언증 환자 취급한 벼슬아치들에게, 눈앞의 젊은이는 엿을 답례할 줄 아는 센스 있는 놈이라는 걸 보여주기 위해 연주를 멈추지 않았다.

속으로 '망했다'를 무한 반복하면서 말이다.

그때 직원 한 명이 내가 들이민 서류를 책상에 툭 던지면서 "STOP! STOP!"을 외치더니 당장 이곳에서 나가라며 여권에 입국 허가 도장을 찍어주었다. 그 순간 다행이라는 것보다 당연하다는 생각이 먼저 들었고, 입국이 허가됐음에도 불구하고 억울함 때문에 그들의 시선에도 눈을 내리깔 수 없었다.

그리고는 혹시나 또 꼬투리 잡히지 않을까 하는 불안한 마음에 서둘러 공항을 빠져나와서는 잠시 숨을 고르며 생각했다.

'대체 난 왜 잡혔던 거야?'

이 수수께끼는 아직도 강력한 의문으로 남아 있다.

그들의 거만한 표정과 말투, 그리고 나를 경멸하는 눈빛으로 쳐다보던 몇몇의 얼굴을 나는 지금도 잊을 수가 없다. 처음엔 나에게 초능력이 생긴다면 이들에게 추악한 고문을 가하리라 생각했지만, 지금은 그냥 얼굴을 잊어주는 것으로 대신하려 한다. "다음부턴 확증 없이 결백한 사람 붙잡지 말아라, 이 탐관오리들아!"

마사지
시키지
마시지!

가까스로 일본에 입국해서 미키가 일을 시작한 아이치현 이치노미야愛知県
一宮로 찾아갔다.

미키는 태국에서 말했던 대로 집을 구할 여건이 안 되는 나를 위해 기숙사
가 딸린 태국식 마사지 가게에 취직해서 나를 그곳으로 불러들였다.

이치노미야에서 미키를 보자 나는 공항에서의 아찔한 상황이 떠올라 가슴
깊이 미키를 끌어안았다. 그런데 느낌이 이상했다. 마치 처음 만난 사람과 포
옹을 하며 억지로 재회의 기쁨을 나누고 있는 것마냥 안긴 자세가 상당히 부자
연스러웠다.

우리는 부부가 되었지만, 함께 있던 시간보다 떨어져 있던 시간이 더 길었
던 탓에 잠시만 떨어져도 쉽게 어색함을 느꼈던 것이다.

뭐 괜찮았다. 앞으론 떨어져 지낼 일도 없을 텐데, 잠시나마 새로 연애하는
기분으로 지내는 것도 나쁘지 않으니…….

미키는 내가 예정보다 늦게 도착하는 바람에 대화를 나눌 겨를도 없이

출근해야 했다. 첫날부터 기숙사에 혼자 남겨진 나는 내 인생 전부를 담아온 80리터짜리 배낭을 풀면서 집 안을 둘러보았다.

기숙사는 생각보다 넓었고 방도 두 칸에, 살림살이까지 전부 갖춰져 있어 신혼을 보내기에 더할 나위 없이 좋아 보였다.

단, 눈에 보이지 않는 단점이 있었다. 바로 사방에서 사다코가 튀어나올 것 같은 음산한 기운이, 기분 탓을 넘어 오싹하기까지 하다는 점이었다. 그 외 옆집에선 매일 밤 소름 끼치는 목소리가 들려왔고, 밖은 살벌한 살풍경에, '미키 없이 여기서 죽으면 처참한 주검이 되고 나서야 발견되겠지?'라는 끔찍한 생각까지 들었다.

우리가 살던 기숙사. 옆집은 월세 낼 날이 되자 야반도주했다.

배우자 비자가 나오기 전까지 나는 수익 활동을 할 수가 없었다. 그래서 미키가 밖에서 일할 때면 나는 안살림을 도맡아 했다. 미키는 마사지 일이 끝나면 온몸의 기가 빨린 사람처럼 녹초가 되어 집에 돌아오곤 했는데, 그럴 때면 자기가 다니던 마사지 학교 최초로 만점 받은 실력을 나에게 강제 전수하고는 자기에게 실습을 시켰다.

마사지는……

마사지는……

마사지는 나에게 엄청난 스트레스였다. 나는 무언가가 내 몸을 주무르면 몸이 예민하게 반응하다 못해 팝핀 댄스를 춰버린다. 자신의 몸이 그렇다 보니 당연히 마사지 받는 것도 싫어하고, 사람 몸을 누르는 것도 싫어해서 살면서 누군가의 어깨를 주무르는 시늉조차 해본 적이 없다. 그렇다고 집에 돌아오면 뻗어버리는 미키를 보며 안 할 수도 없는 노릇……

어쩔 수 없이 싫은 내색을 감춰가며 매일같이 요구하는 미키의 부탁을 들어주었지만, 나는 '피할 수 없으면 즐겨라' 주의가 아닌 만큼 인내심이 곧 바닥을 드러내고 말았다.

여느 때와 다름없이 집에 오자마자 마사지를 해달라는 미키.

"어깨 좀 주물러줄래?"

나는 감정 섞인 말투로 대답했다.

"싫어!"

나의 대답에 당황해하는 미키를 보며 나는 그다음 말을 이어갔다.

"네 몸을 누를 때 물컹하다가 딱딱해지는 그 느낌이 너무 싫어!"

나는 심각성을 더 정확히 알리기 위해 '칠판을 손톱으로 긁는 소리' '뻑뻑한

창문 닫을 때 나는 '삐사리' 등을 예로 들며 나의 고충을 설명했다.

그러자 미키가 급 실망한 표정으로 "두 번 다시 부탁 안 할 테니까 걱정 마!"라고 말하고는 나와 같이 자기 싫다며 손님방으로 들어가버렸다.

나는 미안한 마음이 들었지만 굳이 잡지는 않았다. 오늘 밤은 마사지를 안 해도 된다는 사실이 내심 기뻤기 때문이다.

그날 밤.

나라는 녀석은 결혼 후 처음 쓰는 각방임을 망각한 채 꿀잠을 자버리고, 미키는 다음 날 눈 뜨자마자 마사지를 받으러 나갔다. 이 일로 인해 한동안 우리 사이엔 냉기가 감돌았다.

마사지 침대에 누워 있는 미키.
미키는 밖에서 마사지를 받고 와서도 자기 몸을 완벽히 이해하고 있는 사람은 나밖에 없다며 기어코 나를 자기 전용 마사지꾼으로 만들고 말았다. 지금은 적응이 돼서 무언가를 부탁해야 할 때면 우선 눕히고 본다.

피곤한
민간 외교관

　운이 좋게도 배우자 비자를 신청한 지 보름도 안 돼서 1년짜리 비자가 나
오고, 곧바로 어학을 장기로 살릴 수 있는 일자리를 찾던 중 두 군데의 어학원
에서 평일 한국어 강사직과 주말 일본어 강사직에 채용되었다.

　한국에선 학력의 벽을 넘을 수 없던 고졸에 긴 머리를 묶고 다니는 내가 학
원 선생이 되다니……. 면접 때 지갑에 넣어둔 성기 모양 부적이 효험을 발휘
했나……?

　우리가 '백년'가약을 맺은 해는 한일병합조약 후 '백 년'이 되는 해로 일본
에서는 한일 관계를 주제로 한 특집 방송들이 쏟아져 나왔다. 평소 텔레비전
과 안 친한 나는 우연이라도 그런 방송을 보게 되면 그 내용이 편파적인 것은
물론이고, 모든 상황을 자기들만 피해자인 것처럼 말해 기분이 결코 편치만은
않았다.

　미키는 나와 결혼하기 전까지 과거 우리네 사이에 어떤 일이 있었는지 전
혀 알지 못했다. 때문에 나는 미키가 역사를 조금이나마 이해하고 다양한 관
점에서 한일 관계를 해석해주길 바랐다.

01 어학원 강사 시설.
책에서는 알려주지 않는 현지형 단어를 중심으로 기존 교육과 차별을 두다가 욕을 가르친 날도 허다했다.
02 우리는 지금도 평화를 유지하는 방법 중 하나로 함께 있을 때는 절대 뉴스를 보지 않는다. 나는 인터넷을 할 때 '日'이라는 한자가 들어간 제목은 일본의 '日'이든 요일의 '日'이든 상관없이 의식적으로 클릭하지 않게 되었다.

하지만 그것은 희망 사항에 지나지 않았다. 미키는 일본 인터넷에 떠도는 말도 안 되는 한국 폄하 글들을 보고 나에게 사실이냐고 묻는 일이 잦았고, 나는 그걸 부정하는 도중 여차하면 언성이 커지기 일쑤였다. 가끔은 이상하리만치 과민 반응을 보여 미키에게 막말을 퍼붓기도 했다.

그렇게 몇 번을 나랏일로 실랑이를 벌이던 중 우리는 서로의 문제가 아닌 일로 다투는 것에 회의감을 느낀 나머지, 각자 민간 외교관의 자리에서 물러나기로 했다. 그러자 양국이 아무리 시끄러워도 덩달아 집까지 시끄러워지는 일 없이 드라마 같은 평화가 찾아왔다.

물론 모든 걸 모른 척 넘어가는 것은 서로에게 힘든 일이었다. 특히 함께 밖을 걸을 때 심심치 않게 목격하는 극우들의 가두연설을 볼 때면 더욱이⋯⋯.

욕실
판도라의 상자

북적이는 홍대에서 살다가 일본 시골로 환경이 바뀐 나에게 미키의 존재는 배우자이자 가족이자 유일한 친구였다. 그래서인지 나는 미키에게 정신적으로 많이 의지할 수밖에 없었고, 그것은 간혹 미키를 부담스럽게 만들었다.

하루는 처가댁에 볼일이 있어서 1박을 하러 갔다가 미키 친구들을 만나고 온 날, 그들 사이에서 소외감을 느꼈던 나는 집으로 돌아오는 차 안에서 미키와 대판 싸우고 말았다. 처가댁에 도착해서도 우린 화해하지 않았고, 나는 미키에게 아무 말도 하지 않은 채 곧장 욕실로 향했다.

처가댁 욕실은 특이한 구조로 돼 있어서 첫 번째 문을 열고 커튼을 걷어낸 뒤 두 번째 문을 열어야 비로소 욕실이 나온다. 내가 씩씩거리며 욕실로 향했을 때는 첫 번째 문이 열려 있는 상태에, 커튼도 반밖에 쳐 있지 않았고, 두 번째 문은 살짝 열려 있기까지 했기 때문에 나는 아무 생각 없이 문을 활짝 열고 안으로 들어갔다.

그런데 그 순간 누군가 나를 쳐다보고 있는 것 같은 느낌이 들었다. 밤눈이 어두운 나는 흐린 조명 사이로 보이는 물체를 확인하기 위해 눈에 힘을 주고 자세히 들여다보았다.

그 물체는 욕조에 몸을 담근 채 놀란 표정으로 나를 쳐다보고 있는 히로미짱이었다.

나는 너무나 예상치 못한 광경에 뇌의 모든 반사 신경이 마비되어 그 자리에서 경직되고 말았다. 목욕 중인 히로미짱을 봐서가 아니었다. 진짜 이유는 히로미짱이 나와 불편한 관계에 있던 형님의 아내였기 때문에 이 사실이 그의 귀에 들어갔을 때 그 뒷감당을 어떻게 해야 할지 두려워서였다.

그때 히로미짱이 석상이 된 나를 보며 나지막한 목소리로 말했다.

"저기…… 나가줄래?"

그제야 뇌의 마비가 풀린 나는 미안하다 말하는 것도 잊고 허겁지겁 미키 방으로 달려가 이불 속에 머리를 처박고 두려움에 떨었다. 그사이 미키가 히로미짱한테 방금 있었던 얘기를 듣고 와서는 얼른 사과하고 오라며 나를 히로미짱 앞으로 끌고 갔다. 나는 홍당무가 된 얼굴로 히로미짱 앞에 서서 숨이 넘어갈 만큼 빠른 말로 변명을 해대며 사과했다. 그러자 히로미짱이 조카들 들어오라고 문을 열어놨던 것인데 내가 들어와서 놀랐다며 웃는 얼굴로 괜찮다고 말해주었다.

나는 그 순간에도 히로미짱의 괜찮다는 말이 귀에 들어오지 않았다. 그저 이 일이 형님 귀에 들어가지 않기만을 바랄 뿐이었다. 그리고 나의 간절한 염원 덕분인지 그날은 아무 일 없이 지나갔다.

다음 날 아침, 나는 형님과 마주치기 전에 미키를 재촉해서 서둘러 이치노미야로 돌아갔고, 한동안 미에현에는 얼씬도 하지 않았다.

위에서부터 시계 방향으로 조카 고토미, 미키, 조카 로스케, 히로미짱.
이날의 일이 형님에게 비밀에 부쳐진 것인지 아니면 알면서도 모르는 척하
는 것인지 모르겠지만, 확실한 건 나는 그를 대하기가 전보다 훨씬 더 어려
워졌다는 것이다.

말 한마디에
되찾은 자아

일본 생활에 점점 적응되면서 우리는 사소한 일로 티격태격하는 것 말고
는 아무런 사건 사고 없이 잘 지냈다. 결혼 당시 무일푼에 가까웠던 나는 강사
직에 번역 일까지 더해 금전적으로 여유가 생기기 시작했고 생활은 점점 자리
를 잡아가고 있었다. 하지만 일상은 날로 지루해졌고, 매일 아침 지하철 창문
에 반사되어 비치는 내 모습을 볼 때면 자괴감에 빠지곤 했다.

대부분의 사회인이 나와 같다는 것을 알면서도 나는 돈보다 지금 할 수 있
는 다양한 경험을 찾아 떠나고 싶었다.

배낭여행, 자전거 또는 오토바이 여행, 서바이벌, 카우치 서핑 등.

내가 결혼을 안 했더라면 분명히 한 가지 이상은 하고 있었을 것들.

이런 것들을 돈을 벌어야 한다는 이유만으로 포기하고 싶지 않았다. 하지
만 나도 알고 있었다. 기혼자의 머릿속에서 나오는 발상이라고 하기엔 다소
이기적이라는 것을……. 그래서 미키에게 말조차 꺼낼 수가 없었다.

이대로만 가면 생활이 안정적으로 유지될 것이 뻔한 상황에선 더욱 그랬
다. 나는 어쩔 수 없이 미키를 설득할 만한 적절한 문장이 떠오를 때까지 속마

음을 감추며 미키를 마주할 수밖에 없었다.

그러나 미키가 누구인가? 미키는 내가 무엇을 생각하고 있는지, 내가 지금 무엇을 하고 싶은지 몸의 미동만으로도 귀신같이 알아맞혀버리는 신통한 인물이다. 그런 그녀가 어느 날 예고도 없이 내 속마음을 물어왔다.

"너 뭐 고민하고 있는 거 있지? 말해봐! 말하는 건 공짜니깐."

'말하는 건 공짜니깐'은 미키의 말버릇이다.

아직 그럴싸한 문장이 떠오르지 않은 상태에서 생각보다 이르게 들어온 미키의 질문에 나는 아주 조심스럽게 다음과 같은 제안을 해보았다.

"우리…… 여행 갈까?"

"무슨 여행? 신혼여행?"

"어……? 그래! 그거! 신혼여행! 우리 신혼여행 가자!"

미키의 말에 생각지도 않던 '신혼여행'이라 말해버린 나.

그런데 아주 뜻밖에도 미키 입에서 긍정적인 대답이 나왔다.

"음…… 좋아! 어차피 추워지기 전에는 항상 따뜻한 나라로 갔으니, 이번에도 따뜻한 곳으로 가자!"

너무나 간단히 고민이 해결되자 나는 방금 말에 이어 속에서 일어났던 자아의 갈등에 대해서도 털어놨다. 그러자 미키는 자기도 별나게 겪어왔던 20대의 기억을 되살리며 나의 이야기를 묵묵히 들어주었다.

이제 떠날 날짜만 정하면 되는 마당에, 우리의 여행은 일시적인 것이 아니었기 때문에 서로 다니던 직장들을 정리해야만 했다. 다행히도 미키는 마사지

떠나기에 앞서 천 생리대를 만들고
있는 미키.

가게 6개월 계약이 끝나가고 있었고, 나 역시 어학원 학기와 번역 할당량 모두
끝나가고 있었기 때문에 우린 큰 민폐를 끼치지 않고 일을 그만둘 수 있었다.

떠나기 전 나는 여행 경비를 충당할 목적으로 호주 워킹홀리데이 비자를
취득했다. 미키는 호주 외에 적은 돈으로 여행할 수 있는 나라를 알아보다가
'대만, 말레이시아, 스리랑카, 호주, 인도네시아' 티켓을 한꺼번에 예약하면서,
우리의 신혼여행은 무늬만 신혼여행인 본격 배낭여행이 되어버렸다.

그리하여 일본에 온 지 반년 만에 나는 일본에서 결코 쉽지 않게 취득했던
배우자 비자의 연장을 포기하고, 미키와 함께 한국과 일본 어느 쪽으로도 돌아
오는 티켓 없이 대만행 비행기에 올랐다.

비행기가 활주로를 뜨는 순간, 나는 잠시나마 속해 있던 일본의 모습이 위
성 지도마냥 작아질 때까지 바라보았다. 그러고는 나와 함께 구름 위에 떠 있
는 미키를 보며 비행기만치 들뜬 마음으로 결혼 후 첫 여정의 설렘을 향해 날
아갔다.

얼굴을 하나하나 들여다보면 우린 닮은 구석이 없는데도 닮았다는 얘기를
정말 많이 듣는다.

01 자아 충돌 전
02 자아 충돌 중
03 자아 충돌 후

여행 중 사온 물건을 벼룩시장에서 파는 미키.

01

02

01 일본에서 국제면허로 오토바이를 타다가 무면허로 걸린 나를 대신해 오토바이를 회수해가는 미키. 나는 경찰에게 검문받기 전까지 자동차 국제면허로도 원동기를 탈 수 있는 줄 알았는데, 알고 보니 원동기는 면허가 별도로 필요했다.
02 경차에 오토바이를 포함한 반년치 살림살이를 전부 싣고 기숙사를 떠나던 날.

01 외국인 아내의 첫 한글 편지.
02 밤에 화장실과 부엌을 갈 때는
전기세를 아끼기 위해 헤드 랜턴을
사용했다.

대만을 가기 전날 오사카에서 둘이
함께 머문 한 평짜리 호텔.

114

01 미각을 테러당하는 중.
02 미키는 음식으로 항상 새로운 시도를 한다. 된장국에 토마토를 넣는 것
은 예사고 미역을 빵에 올려 굽거나, 시리얼과 무화과를 섞어서 쿠키를 만
든 적도 있었다. 한번은 내 친구가 미키가 만든 쿠키를 먹더니 태어나서 먹
은 것 중에 제일 맛없는 음식이었다며 구역질을 한 적도 있었다. 맛에는 유
독 관대한 나지만 이제는 미키가 새로운 음식을 시도하려고 하면 맛을 보
기 전부터 위경련이 일어나려고 한다.

여행기 시작

우리는 인생이 어떻게 흘러갈지 생각해본 적이 없다. 우리는 예언가도 아니라서 막연한 미래를 예측하지도 못한다. 그러나 분명히 얘기할 수 있는 한 가지는 우린 앞으로도 머릿속의 '번뜩임과 끌림'을 생생히 안은 채 지금처럼 자유롭게 살아갈 거라는 점이다.

I ♥ TAIWAN

야밤에 도착한 타이베이臺北.

시내로 가는 버스 안에서 누가 봐도 대만이 초행길인 사람마냥 지도만 보고 있자 뒷좌석 여인들이 친절히 길을 알려주었다. 바깥 풍경은 안중에도 없는 우리의 모습이 딱해 보였나 보다. 덕분에 무사히 목적지에 내리면서 우린 여인들을 향해 감사의 손 키스를 날렸다. 그러자 여인들은 크게 웃음을 터트리더니, 우리가 차창 시야에서 사라질 때까지 같은 방식으로 화답해주었다.

동성애 가두 행렬.

대만의 전체적인 물가는 한국과 크게 다르지 않았다. 식사도 입맛에 그만이었고, 대중교통도 완벽해 버스와 전철만으로 시내를 이동하는 데 전혀 어려움이 없었다.

하루는 타이베이 중심가를 걷다가, 얼핏 봐도 10차선은 돼 보이는 도로를 가로막고 행진하는 동성애 행렬과 마주쳤다. 개중에는 남근 조형물을 들고 걷는 대열과 젖가슴을 버젓이 드러낸 여인, 그리고 아이돌 뺨 후려치는 꽃미남들도 있었다.

나는 그 모습들을 보며 적잖이 놀란 반면, 미키는 놀란 기색 하나 없이 행렬을 바라보았다. 그건 아마 성소수자를 대하는 태도가 각기 다른 나라에서 자라왔기 때문일 것이다. 나는 이날, 참가자들이 환희하는 모습과 정부가 이 가두 행렬을 지원하는 모습을 보며 우리 사회 문화가 만들어놓은 편견의 벽이 허물어져 가는 것을 느꼈다. 그런 의미에서 보면 일정에 대만을 넣은 미키의 선택은 이마빡을 '탁!' 칠 정도로 탁월했다. 별 수고도 없이 나의 식견을 넓혀 주었으니 말이다.

01 시먼(西門) 한복판을 걷던 공포
영화 홍보단과 함께. 사진 찍은 후 귀
신에게 따봉을 날려주었다가 아주
싸늘히 무시당했다.

02 대만에 있는 동안 일본 호텔 예약 사이트의 숙박료 환급 이벤트를 이용
해 숙박과 조식을 거의 무료로 해결할 수 있었다. 사진의 호텔은 본래 예약
처에서 오버부킹을 해버리는 바람에 우리에게 택시비와 고급 호텔을 제공
해준 것으로, 우리 둘 사이에 고급이라는 것을 처음 접해본 순간이었다.

01 결혼 후 처음 떠난 여행지 대만에서 미키는 10여 년 동안 꾸준히 해온 배낭여행의 내공을 유감없이 발휘했다. 그중 가장 인상 깊었던 것은 미키가 나침반을 굉장히 실용적으로 활용한다는 점이었다. 미키는 어느 곳을 가든지 제일 먼저 동서남북을 파악했고, 당시 나침반을 볼 줄 모르던 나에게 방위 보는 방법을 가르쳐주었다.

02 [I ♥ TAIWAN]
엿새 동안 대만에 있으면서 우리가 느낀 것은 '행복'과 '평화' 그리고 대만인들의 '남다른 붙임성'이었다. 물론 짧은 체류 기간 동안 느낀 우리의 주관적 판단이기 때문에 이게 모두 맞다고는 말할 수 없지만 굉장히 멋진 나라라는 사실만큼은 틀림없었고, 훗날 나 홀로 이곳을 다시 찾아 20일간 전국 일주를 하면서 그 사실은 더욱 확실해졌다.

[I ♥ Kuala Lumpur]
대만 다음 일정으로 타이베이에서 5시간가량을 날아 말레이시아 쿠알라룸푸르로 갔다. 우리는 스리랑카를 가기 위한 경유지 개념으로 말레이시아에 왔기 때문에 2박 3일이라는 시간밖에 없는 상태에서 하루 20킬로미터씩을 걸어 다녔다. 사실 트레킹이나 운동이 목적이 아닌 여행에서, 보통 성인이 만보기로 3만 보나 되는 이 거리를 걷는 것은 쉬운 일이 아니다. 나는 주로 미키 뒤를 쫓는 입장이었지만, 여행 중 미키의 이동 방식을 보면 가끔 여행인지 전시훈련인지 헷갈릴 때가 있다.

KUALA LUMPUR CITY GALLER

팬티 한 장으로
충분한 여자와
까마귀 똥을 맞고도
태연한 여자

'스리랑카' 하면 무엇이 떠오르는가?

나는 물음표가 떠올랐고, 미키는 홍차만 떠올랐다고 한다. 그렇다. 그만큼 스리랑카에 대해 떠오르는 이미지는 한정적이었다. 그런 무지에 가까운 상태에서 우리가 스리랑카행을 결정한 이유는 현지 교민인 나의 절친 이혜인 양이 그곳에 있었기 때문이다.

그러한 까닭에 우리는 말레이시아에서 스리랑카로 날아갔고, 공항에는 막 자다 깬 무레한 얼굴의 이혜인 양이 우릴 마중 나와 있었다.

이혜인 양으로 말하자면 수년 전 홍대 길바닥에서 알게 된 또래 이성 친구다. 대학교를 다니기 위해 외국에서 잠시 한국에 들어와 있던 그(녀)는 공짜라면 무엇이든지 간에 적극적으로 임하고, 머리 손질이 귀찮을 땐 반삭을 해버리는 남장의 달인이자 품바 웃음의 소유자다. 보고만 있어도 사람을 즐겁게 만드는 능력을 지녔다.

하루는 친구 여럿을 불러다 놓고 '여행 시 팬티를 몇 장 챙겨 갈 것인가'를 물어본 적이 있었는데 단 한 명, "한 장"이라고 대답한 사람이 있었다.

그 대답의 주인공이 바로 이혜인 양으로 나는 단순한 궁금증에 물어보았다.

"한 장으로 어떻게 버틸라 그래? 넌 그렇게 생겼어도 여자잖아!"

나의 물음에 이혜인 양은 너무나 당연하다는 듯이 "빨아서 입으면 되잖아?"라고 대답했다. 여자의 조건으로 팬티 한 장을 빨아가며 여행을 다니겠다는 말을 아무렇지도 않게 하는 그(녀)의 얼굴 앞에 나는 그 즉시 존경을 담은 따봉을 날리지 않을 수 없었다. 그렇게 내가 존경해 마지않는 친구를 이 먼 타국에서 다시 만나게 되다니! 이 얼마나 환상적인 일인가!

스리랑카 도착 첫날, 이혜인 양의 안내로 태어나서 처음 호텔 맥주를 마셔본
나는 주량 조절에 실패해 야외 수영장을 세면대 삼아 세수를 하고 말았다.

이혜인 양은 월드챔피언 사교성으로 띠동갑인 미키와 단박에 친구가 되었다.

이혜인 양 덕분에 수도 콜롬보Colombo에서는 그녀의 가족이 사는 집에서 신세를 지고, 다음 날부터 본격적인 스리랑카 여행에 나섰다.

우리는 기차를 타고 홍차 브랜드 립톤의 연고지 하푸탈레Haputale와, 스리랑카 전통춤을 볼 수 있는 캔디Kandy, 그리고 〈죽기 전에 꼭 가봐야 할 곳 50〉에 등재된 거대 암벽 요새 시기리야Sigiriya를 다녔다.

스리랑카에서는 동양인이 드물어서인지 우린 어딜 가도 쉽게 주목을 받았다. 나의 경우 사람들의 시선이 부담스러울 때면 가끔 내 모습이 의식되어 움직임이 부자연스러워지곤 했는데, 미키는 단 한 번도 그런 모습을 보이지 않았다. 사람들이 다가와 말을 걸어도, 신기한 듯 쳐다봐도, 미키는 내가 알고 있는 미키 그대로의 모습으로 대응했다. 그렇다고 내가 누군가에게 트집 잡힐 만한 행동을 한 건 아니었지만, 미키를 곁에서 보고 있노라면 나에게선 미키와 같은 '태생적 자연스러움'이 느껴지질 않았다.

01

01 얼굴에 까마귀 똥을 맞아도 휴지
로 슬쩍 닦고 끝.
02 기차 안에서 처음 보는 현지인과
머리를 맞대고 자는 미키.

02

스리랑카의 기차 상태는 열차 내부와 주행 속도가 시대를 쫓아오지 못했다.
그에 걸맞게 환경 파괴 역시 시대를 쫓아오지 못했다. 그 말은 즉, 차창 밖에
펼쳐진 그림과도 같은 풍경을 즐기기에는 최상이라는 말씀!

인생 동반자이기 전에,
여행 동반자로서의
갈등

우리는 짧은 연애 기간이 믿기지 않을 만큼 성격 면에선 놀라운 싱크로율을 자랑하지만, 여행 중 관심사는 그렇지 않다.

나의 관심사가 〈사진, 악기, 사람 관찰〉이라면,

미키의 관심사는 〈요리, 수공예, 시장 구경〉.

이처럼 서로 다른 관심사는 개성이 강한 우리에게 있어 행동에 제약을 가져다줄 때가 잦았다. 스리랑카 마지막 여정으로 들른 해변 휴양지 우나와투나 Unawatuna에서는 이 부분에 대해 처음으로 불꽃이 튀고 말았다.

이야기의 발단은 우나와투나에서 함께 길을 걷던 중 미키가 주얼리 공방으로 들어가면서부터였다. 미키는 나에게 양해를 구하고 그 자리에서 세공법을 구경하기 시작했다. 그때까지 나는 함께 있는 것이 배려라고 생각해 아무 말 없이 미키를 기다렸지만, 4시간이 지나도록 나갈 생각을 않자 미키를 억지로 공방에서 나오게끔 유도했다.

그 과정에서 미묘한 신경전이 벌어졌고, 결국 둘 다 기분이 상한 채 공방을 나와 숙소로 돌아갈 때까지 한 마디도 나누지 않았다.

우린 숙소로 돌아와서도 서로 눈치만 보며 말을 섞지 않았고, 잠자리에 들기 전이 돼서야 잠시 잠을 쫓고 오늘 있었던 문제에 대해 이야기를 나눴다.

내가 먼저 말했다.

"앞으로 각자 보고 싶은 게 다르면 찢어졌다가 숙소에서 만나는 게 어때?"

부부가 떨어지는 것이 좋다고는 생각하지 않지만 나에겐 둘의 평화를 위한 선택이었다. 그러자 미키는 전부터 그러고 싶었다는 듯이 대답했다.

"그래! 괜히 따라오면 서로 신경 쓰여서 좋을 거 없으니 그렇게 하자."

그 순간은 대화가 좋게 마무리되었다.

하지만 곧바로 쿨해질 만큼 그릇이 크지 못한 우리는 좋은 마무리와는 다르게 암묵적 접근 한계 거리를 두고 서로 떨어져 잠이 들었다.

그다음 날부터 어떻게 됐을까?

숙소 열쇠는 어딜 가도 하나,

서로 사라지기를 반복,

서로 찾아다니길 반복.

결국 한국에서 쓰던 무전기를 며칠 뒤 가게 될 호주로 국제 배송받고 나서야, 떨어졌다 만나는 것이 가능해졌다.

01 스리랑카에 대해 아무것도 모르고 와서 2주간 평생 잊을 수 없는 풍성한 추억을 만들고는, 다음 일정으로 둘 다 첫 방문지인 오세아니아 호주로 갔다. 호주에서는 지금까지 여정과는 모든 것이 반대로, 도착 초반부터 모진 시련의 연속에 나는 인생 최대의 무기력증에 빠지고 말았다.
02 세계문화유산 시기리야. 〈죽기 전에 꼭 가봐야 할 곳 50〉이라는 살벌한 슬로건 안에 든 만큼 가볼 가치가 충분하다.

01

02

세계문화유산 갈레 요새 앞에서.

레몬의 악몽

흔히 영어를 정말 못하는 사람을 두고 ABC밖에 모른다고 한다.

당시 나는 그보다 한 단계 높은 수준인 알파벳 정도만 아는 수준으로 한 손으론 워킹홀리데이 비자를, 다른 한 손으론 미키의 손을 잡고 호주 서쪽 도시 퍼스Perth에 입성했다.

도착 첫날은 한국에서 한 다리 건너 알고 지내던 호주인의 집 창고에서 엄지손가락보다 더 큰 바퀴벌레들과 동침을 하고, 이튿날 거주지 마련과 함께 본격적인 구직 활동에 나섰다.

거주지는 일본인이 운영하는 셰어하우스로 곧장 정해졌지만, 일자리는 좀처럼 구해지지 않았다. 언어의 장벽 맨 밑바닥에 있던 나에게 어쩌다 한번 면접 기회가 와도 영어를 못한다는 이유로 퇴짜를 맞았고, 한식당에서는 "Would you like~"를 몰라서 퇴짜를 맞았다.

그렇게 일자리는 안 구해지고 지출만 있는 상태에서, 첫날 신세를 졌던 호주인 집에 들렀다가 뒤뜰에 굴러다니는 참외만 한 레몬을 보았다. 그리고 배와 비타민을 동시에 채운답시고 그 자리에서 세 개를(주의: 절대 따라 하지 마

식량 조달을 위해 태어나서 처음 한 낚시. 바늘을 넣었다 하면 먹지도 못하는 복어나, 어획 크기 제한에 걸리는 생선들만 잡혀 우리의 속을 태웠다.

다음 직장이 구해지기 전까지 반찬값이라도 벌기 위해 나와 비슷한 사정의 한인 친구와 거리 공연에 나섰다. 젊은 사람들이 지나갈 때는 슈퍼마리오를, 나이 많은 사람들이 지나갈 때는 호텔 캘리포니아를 연주하며 다양한 세대층을 겨냥했지만, 수입은 스트립바 한 번 못 가볼 정도로 시원찮았다.

시오!) 먹고는 항문에서 대참사가 일어났다.

밤새 쉴 새 없는 항문의 이완 작용 때문에 한숨도 못 잔 상태에서도 나는 기필코 일자리를 구하겠다고 집을 나서다 바지에 똥을 싸고, 밖에 나와서도 바지에 똥을 싸는 바람에 어쩔 수 없이 한동안 집에 꼼짝없이 갇혀 있어야 했다. 당시 화상도 이런 화상이 없다는 눈으로 날 쳐다보던 미키의 얼굴이 떠오를 때면 지금도 똥을 쌀 것만 같다.

설사의 악몽에서 점차 회복될 때쯤, 2주 뒤에 문을 닫는 일식당에서 알바를 구한다는 소식을 듣고 찾아갔다. 식당은 사람이 정말 급했던지 이력서도 보지 않고 바로 다음 날부터 나를 출근시켰다.

호주에서 구한 첫 일거리는 주방 설거지와 조리 보조였다. 하는 일은 단순했지만 주방에서 처음 일하는 나는 엄격한 위계질서와 자진해서 일기리를 찾아 해야 하는 분위기에 쉽게 적응할 수 없었다.

매일 밤 영업이 끝나면 나는 신참이라는 이유로 방금까지 고온으로 끓던 솥에 든 식용유를 폐유통에 버려야 했다. 혼자 하기엔 힘에 부치고 위험한 일이었다. 나는 이 일을 할 때마다 주방에 덩치 큰 남자 다섯이 아무것도 안 하고 손을 놀리면서도 누구 하나 도와주려 하지 않는다는 게 못마땅했다.

결국 나는 일을 시작한 지 며칠 지나지 않아 모두에게 너무 융통성 없는 거 아니냐고 따지고 말았고, 다음 날 급한 부탁을 받고 홀 서빙에 투입되었던 미키와 함께 사이좋게 잘려버렸다.

갑자기 수입이 끊겼지만, 차라리 잘됐다는 생각이 들었다. 미키가 앞치마 차림에 행주로 식탁을 닦는 모습과 미키보다 15살이나 어린 일본 처자들이 미키에게 싹수없게 구는 모습을 더는 안 봐도 되니 말이다.

나는 이번 일로 나 자신이 얼마나 사회성이 없는가 다시 한 번 깨달았지만, 미키의 "같은 일본 사람끼리 이런 개새들은 처음이야"라는 말은 나를 좌절치 않게 해주었다.

워킹호러데이

한인 대상 기타 과외 면접을 보러 갔다가 기타를 쳐보기도 전에 대졸이 아닌 이유로 떨어지고, 어렵사리 대형마트 새벽 청소 일을 구하게 됐다. 마트 청소 역시 함께 일하다 잘린 일식당처럼 미키가 급조되었다.

우리의 할 일은 내가 축구 경기장만 한 넓이의 매장을 청소기로 돌리면 미키가 대걸레질과 직원 전용 화장실을 청소하는 것이었다.

청소 중 참 신기했던 것은, 진열품이 바닥에 떨어져 있으면 그 즉시 쓰레기로 간주하여 내다 버려도 된다는 점이었다.

그러나 화장실 사정에 비하면 그건 신기한 것도 아니었다. 남자 화장실과 달리 여자 화장실은 똥을 싸고 물을 안 내린 칸이 많아서 미키가 하루에도 몇 번이고 물을 내려줘야 했는데, 짓궂은 미키는 XXL 사이즈의 똥을 발견할 때면 꼭 나를 여자 화장실로 불러들여 그걸 감상시켰다. 지금도 그때 봤던 변기 속 괴물들의 충격적인 자태는 기억 속에 지울 수 없는 트라우마로 남아 있다.

마트 청소차가 우릴 픽업하러 오는 장소는 집에서 꽤 멀었기 때문에 우리

호주에서는 도시락을 싸들고 집 근처 강변에 가는 것이 우리의 유일한 데이트였다. 도시락도 반찬이라곤 밥 위에 아보카도와 계란말이를 올려 간장을 뿌린 것이 전부였지만, 우리에겐 매 순간이 만찬이었다.

는 큰맘 먹고 중고 자전거 두 대를 구입해서 타고 다녔다. 그사이 한국에서 알고 지내던 친구 집으로 거주지를 옮겼고, 이사한 지 며칠 지나지 않아서 자전거를 도둑맞고 말았다. 그 일로 침울해 있을 때, 친구는 자기 집 빈방에 사람이 안 차면 우리에게 갖은 핑계를 대가며 집세를 더 부담시켰다. 그리고 부탁하지 않아도 차에 태워주고는 기름값을 청구하면서 우릴 더 침울하게 만들었다.

한여름에 방 온도가 45도까지 올라가면 나는 더위를 피해 욕실에 쭈그리고 누워 알몸으로 잤다. 내가 그러는 동안 미키는 꾸준히 영어 공부도 하고, 일본 인터넷을 통해 부업도 하며 나와 대조된 생활 패턴을 보였다. 그런 미키를 보며, 또 내 자신의 과거를 돌아보며, 지금의 내가 한없이 무기력하게 느껴졌다.

살면서 이 정도까지 무기력을 느낀 건 처음이었다. 그 때문에 자기혐오는 날로 심해졌고, 미키에게 좋은 모습 한 번 보여주지 못하는 것이 미안해 면목이 없으면서도 행동으론 아무것도 하지 못했다.

그러다 나 자신과의 싸움 끝에 움직이기 시작한 것이 〈일본인 대상 한국어 비속어 강의〉를 만들어 유튜브에 올리는 일이었다.

나는 비속어 강의라는 무주공산에 말뚝을 꽂으면서, 한편으론 잡지에 광고를 올려 일본어 과외도 시작했다. 그렇게 다시 삶에 생기를 불어넣기 위해 힘을 내고 있던 그때, 이번엔 나의 바통을 이어받아 미키를 무기력하게 만드는 일이 일어났다.

일본에서 들려온 3.11 대지진 소식이었다.

노가리 까다

이마·俗語-마빡

目:눈·俗語-눈깔

口:입·俗語-주둥이,아가리

顔:얼굴·俗語-상판때기

서·俗語-귀때기

頭:머리·俗語-대가리

頤:턱·俗語-턱주가리

首,喉:목·俗語-모가지

[なにこれ韓国語] 비속어 강의.
실제로 이걸 본 일본의 어떤 작가에게서 해당 강의를 가지고 한국어 교재
를 만들자는 연락이 왔었다. 그는 저술자를 자기 이름으로 하는 조건과 더
불어 아무런 대가도 없이 딸랑 자료만 요구해왔다. 내가 어떻게 했을까?

받은 메일함 ⟶ 스팸신고

5일 먼저 접한
3.11

2011년 3.11 동일본 대지진이 터지기 정확히 5일 전.

셰어하우스 집주인 노리 아저씨의 권유로 낚시를 가던 차 안에서 우리는 그가 호주에 온 이유를 들을 수 있었다. 나와 같은 나이 때까지 일본에 살았던 그는 일본은 자연재해가 잦아 사람이 살 곳이 못 된다는 생각이 들어 인구도 적고 땅도 넓은 호주로 이주해왔다고 했다. 그러면서 지진이 잦은 나라에 원자력 발전소가 세워질 수밖에 없었던 자본적 배경과 방사능의 위험성에 대해 설명해주었다. 이야기의 마지막엔 현재 일본은 언제 대재앙이 닥쳐도 이상하지 않다는 섬뜩한 말을 덧붙였다. 사실 나는 원자력에 대해 문외한일 뿐 아니라, 단지 예측만으로 호주에 이주해왔다는 그의 말에서 신빙성을 느낄 수 없던 나머지 그가 말하는 중간중간 농담을 던졌다. 차 안에 있던 또 다른 두 명의 일본인들 역시 콧방귀를 뀌며 그의 말을 대수롭지 않게 여겼다.

그렇게 이날 나눈 얘기를 의식조차 하지 않은 채 5일이 지난 3월 11일, 전 세계를 충격에 빠뜨린 동일본 대지진이 일어났다.

다음 날, 그의 예측처럼 (후쿠시마) 원자력 발전소가 문제를 일으키면서 각종 매체에서는 방사능에 관한 이야기가 쏟아져 나왔다. 우리는 그 소식을 접한 순간, 아저씨가 했던 말이 머릿속을 스치면서 온몸의 털이 다 뻗칠 정도로 소름이 돋았다. 미키는 그에게 당장 전화를 걸었다. 담담하게 전화를 받은 그는 올 것이 온 것뿐이라며 우리에게 현실을 받아들이고 함께 결과를 지켜보자는 말만 했다.

그의 예측이 20년 만에 현실로 일어났다.

3.11 대지진 직후 호주 방송과 인터넷으로밖에 일본 소식을 접할 수 없던 미키는 현지 분위기를 알 수 없는 상황에서, 여진에 대한 불안감에 매일 밤잠을 설쳤다. 미키네 본가는 높은 건물 하나 없는 바다 옆 평지라서 그 일대에 쓰나미가 닥치기라도 하면 순식간에 집이 쓸려 내려갈 것이 뻔했기 때문이다.

3.11로부터 한 달이 지나고 미키가 마음의 안정을 회복할 때쯤, 우리도 여느 부부들처럼 '결혼기념일'이라는 것을 맞이하게 되었다.

호주에 온 지 5개월이 지나도록 제대로 된 외식 한 번 해본 적 없던 우리는 결혼 1주년만큼은 사치를 부려본다고 이탈리아 레스토랑에 갔다. 그곳에서 2만 원 조금 넘는 피자를 물과 함께 먹은 것이 전부였지만, 미키는 그것만으로도 불평은커녕 굉장히 만족해했다.

나는 이 정도 가지고도 만족해하는 미키를 보며 면목이 없는 한편, 한국 여인이 나를 남편으로 두지 않은 것이 천만다행이라는 생각이 들었다.

연인들의 필수 행사인 100일, 200일, 300일…… 화이트데이, 블랙데이, 로즈데이, 키스데이, 빼빼로데이 등, 나는 생일 외엔 그 어떤 날도 기념일로 간주하지 않기 때문이다.

　그나마 결혼기념일은 미키 생일과 겹치기 때문에 챙기는 것이고, 위에서 빠진 밸런타인데이는 우리가 함께 단것을 먹는 날이니, 이벤트에 익숙한 여인들에게 나의 행동이 얼마나 밉살스러울지는 더 따져 물을 필요도 없지 않은가!

　미키: 너는 한국 사람이면서 왜 100일, 200일 아무것도 안 챙겨줬어?
　나: 그건 한국 사람들끼리만 하는 거야.
　미키: 아~ 그렇구나……．

　국제결혼 만세!

01 2011년 3월 6일, 노리 아저씨와 함께. 지진이 일어난 후 나는 그가 미래에서 타임머신을 타고 온 사람처럼 느껴졌다.

02 여태껏 수많은 일본 사람을 만나봤지만, 첫 인사부터 일본이 한국에 저지른 과오에 대해 부끄럽다며 고개 숙여 사과해온 사람은 노리 아저씨가 처음이었다.

내래 고조
남조선
사람이라우!!

호주에 온 지 반년 만에 '워킹홀리데이'가 '워킹호러데이'로 끝났다.

처음 포부였던 '영어, 여행, 외국인 친구 사귀기'도 전부 실패로 끝났다. 기분이 착잡하고 스스로에게 실망도 컸지만, 자신의 무기력한 모습을 발견한 값진 경험이라는 말로 기억을 조작하고 호주를 떠나기로 했다.

우리는 다음 목적지인 인도네시아로 가기 위해 호주에 처음 입성할 때 이용했던 퍼스 공항으로 갔다. 공항 발권대에서 미키가 먼저 여권을 확인받고 인도네시아로 가는 항공권을 건네받았다.

다음은 내 차례.

내가 여권을 건네자마자 인도네시아 대사관에 다녀오라는 말과 함께 그 자리에서 출국 거부가 떨어졌다. 북한은 인도네시아 비자 협정에 들어 있지 않다는 이유였다.

'What???'

황당하기 짝이 없던 나는 이건 노스 코리아가 아닌 사우스 코리아 여권이라고 설명했지만, 두 나라를 구분 못 하는 발권대 직원에게서 돌아오는 대답은

"No! No!"뿐이었다.

다급한 마음에 바로 옆 발권대에 가봐도 상황은 마찬가지.

탑승 시간은 점점 다가오고 나 혼자 출국 거부를 당한 상황에서, 그날은 미키의 호주 비자 만료일이었기 때문에 미키에겐 비행기를 타야 하는 선택권밖에 없었다.

나는 졸지에 이산가족이 되게 생긴 이 상황을 어떡해서든 빠져나가기 위해 황급히 공항 컴퓨터로 인도네시아 대사관 홈페이지에 접속했다. 그리고 홈페이지 비자 협정 목록에 사우스 코리아가 적힌 페이지를 사진으로 찍어 다시 발권대로 달려가 사진을 보여주었다.

그제야 발권대 직원이 상관을 불러와 알아들을 수 없는 말을 주고받더니 "OK! You can go!"라고 말하며 항공권을 건네주었다.

공항 직원들의 무식함 때문에 하마터면 미키 혼자 인도네시아로 갈 뻔한 아찔한 상황을 겪은 지 두 해나 바뀐 지금, 내 팔에 [I ♥ AUSTRALIA]는 없다.

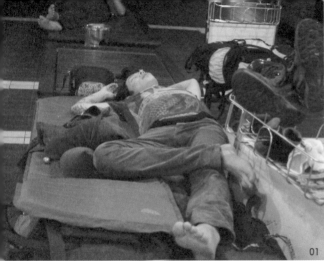

새벽에 인도네시아 발리에 도착해서
는 하루 숙박비와 시내로 가는 차비
를 아낀다고 공항 노숙을 감행했다.
01 노숙 하수
02 노숙 중수
03 노숙 고수
04 노숙 신

04

탐탁잖은
인도네시아

날이 밝자 시내로 이동해서 저가 숙소를 찾아다녔지만, 관광객들로 북적대는 세계적인 휴양지에서 저가 숙소를 찾는 일은 쉽지 않았다. 한번은 발품을 팔아 한화로 8,000원 정도 하는 숙소를 발견하고는, 방 확인도 없이 냅다 투숙했다가 밤새 천장에서 쏟아지는 벌레들 때문에 한숨도 못 자기도 했다.

발리에서는 주로 현지인들이 이용하는 마을버스를 타고 다녔다. 그러나 마을버스는 운전사가 운임을 가지고 장난치는 일이 빈번해서 잔돈을 제대로 거슬러 받지 못하거나, 돈을 더 요구하며 고함을 지르는 운전사들 때문에 도로에서 수차례나 실랑이를 벌여야 했다. 다행히 그때마다 근처에 있던 교통경찰의 도움으로 험악한 상황은 피할 수 있었지만, 버스에 같이 타고 있던 현지인들은 우리가 부당한 일을 당하는 걸 보고도 다들 모르는 체했다.

그 외에도 매직머시룸환각제을 끈질기게 권유하는 호객꾼들과, 어디서 자질구레한 물건이라도 살라치면 옆에 달라붙어 쇼핑 수수료를 챙기려는 사람들로 발걸음이 자유롭지 못했던 우리는 발리에 더 머물 것 없이 서쪽 자바Java 섬으로 이동하기로 했다.

줄리아 로버츠 주연 영화 〈먹고 기도하고 사랑하라〉에 나온 촬영지 우붓
(Ubud)에서.

호주에서 반년 동안 한 번도 가지 못
한 카페를 물가가 저렴한 인도네시
아에선 부담 없이 들락날락할 수 있
었다.

발리에서 자바 섬으로 이동하는 경우, 보통은 여행사 패키지를 이용하는 것이 일반적이다. 하지만 우리는 단 몇 푼이라도 절약하기 위해 버스, 배, 기차를 자체적으로 이용해서 자바 섬 욕야카르타Yogyakarta까지 이동하는 방법을 선택했다.

발리에서 항구까지는 열대 지방의 태평스러운 경치를 즐기며 무사히 도착했다. 그러고는 자바 섬행 배로 갈아탔다. 배에 강도가 자주 출몰한다는 소문을 들었던 탓에 우린 일부러 사람이 많이 몰려 있는 쪽으로 승선했다.

배에 올라서도 주변을 경계하며 조심스레 앉을 만한 곳을 찾아 짐을 내려놓으려던 그때, 물에 젖은 열댓 명의 청년들이 순식간에 우리 주위를 둘러쌌다.

당황한 우리는 재빨리 현지인들 속으로 자리를 옮겨 소지하고 있던 모든 짐을 몸 앞쪽으로 붙들어 맸다. 그러고는 옆에 있던 한 가족들에게 자못 친한 척 말을 걸며 청년들의 접근을 저지하기 위한 보호막을 쳤다.

잠시 그렇게 있자 배가 출발함과 동시에 우리 주위를 산만하게 서성이던 청년들이 일제히 기교를 부리며 바닷속으로 뛰어들었다. 그리고 승객들을 향해 구걸하는 손짓을 보내자 배에 있던 승객들이 하나둘씩 돈과 먹을 것을 바다로 던지기 시작했다.

알고 보니 그들은 강도가 아닌 다이빙 묘기를 부리며 승객들로부터 돈을 구걸하는 집단이었다.

승선한 지 한 시간가량이 지나 자바 섬 항구가 희미하게 보일 때쯤이었다. 승객 여럿이 배 밖으로 고개를 내밀고 바라보는 시선을 따라가자 어린이 두 명이 배에 연결된 밧줄을 잡고 바다 위에 떠 있었다.

나는 반대쪽 항구에서 왔다고 해도 꽤나 먼 거리를 맨몸으로 떠 있는 아이들이 걱정스러우면서도 한편으론 패키지를 이용했다면 이 같은 광경을 못 봤을 거라 생각하니, 다소 고생스럽더라도 자체 이동을 선택하길 잘했다는 생각이 들었다.

자바 섬의 동쪽 끝 바뉴왕이Banyuwangi에 도착해서는 목적지까지 가는 기차가 끊기는 바람에 하룻밤을 머물러야 했다. 우리가 묵은 숙소 화장실에는 샤워기가 없어서 샤워를 하려면 '용변 뒤처리용 비데호스'와 '물이끼가 가득 낀 대야물' 중 하나를 선택해서 씻어야 했는데, 우리는 둘 다 고민 끝에 비데호스로 샤워를 했다.

샤워를 마치고 내 평생 찝찝해보긴 처음이었다. 미키에게도 기분이 어떤지 물어보자 미키는 아주 해맑게 "찝찝해"라고 말하곤 스프링이 다 나간 침대에 벌러덩 몸을 던졌다. 나는 그런 미키를 보며 샤워 후 인상을 찌푸리고 있던 자신이 얼마나 무르게 느껴졌던지 아랫도리가 다 떨어질 것만 같았다.

이방인의 외모로 욕야카르타의 중심지 말리오보로Malioboro를 걷다 보면 남성 호객꾼들이 "Hello, my friend"라 말하며 자기 부인이 만든 바틱촛농으로 천에 무늬를 새기는 공예을 보지 않겠냐고 물어온다. 이럴 경우 무시를 하면 보통 한두 번 말을 걸다 마는 것이 일반적인데, 그중 유독 집요하게 우릴 쫓아와 귀찮게 구는 호객꾼이 한 명 있었다. 그는 우리 뒤를 밟다가 조금이라도 우리 걸음이 느려지면 귀에 대고 "Hello, my friend"를 속삭였다. 나는 앞으로 남은 2주 체류일 동안 '살 사람·안 살 사람' 구분 못 하는 그가 더 이상 우리에게 시간 낭비를 하지 않도록, 하루는 여느 때와 다름없이 접근해오는 그의 면전에다 "I'm not your friend!"라고 대답했다. 그러자 호객꾼은 그 말이 기분 나빴던지 우리가 밥 먹는 노점까지 쫓아와 나를 눈으로 씹어 먹을 것처럼 노려보기 시작했다.

나는 밥숟갈을 들다 말고 여행객을 무슨 돈줄인 줄만 아는 그의 눈빛이 마음에 안 들어 그에게 다가가 뭘 꼬나보냐고 따졌다. 그러자 그가 집게손가락으로 내 가슴팍을 찌르며 "Go! Your country!"라고 소릴 질렀다.

그 순간 미키는 빨리 자리를 뜨자며 내 몸을 잡아당겼지만, 흥분한 내가 말을 듣질 않자 내 뺨을 갈겨댔다. 그 소란에 구경꾼들이 몰려들기 시작했고, 이내 호객꾼은 인도네시아 말로 욕을 하는 듯하더니 자리를 휙 떠나버렸다.

그로부터 며칠간, 숙소 골목길을 지날 때마다 나와 다퉜던 호객꾼에게 해코지당하진 않을까 싶어 한동안 밤낮없이 조심히 다녀야 했다. 현지인을 존중하지 않고 말다툼을 한 것은 내가 이제껏 여행하면서 해온 행동 중 가장 경솔하고 어리석은 짓이었다.

틈새용 남편

둘이서 진짜 부부가 되어 1년 반 만에 다시 온 태국.

나는 인도네시아를 떠나 말레이시아를 거쳐 육로로 태국 국경을 넘은 순간, 둘이 되어서도 이곳을 다시 여행 중이라는 사실에 말로 형용할 수 없을 만큼 커다란 행복과 자유를 느꼈다. 미키 역시 나와 마찬가지로, 태국에 온 우리는 아무런 조바심도 없이 둘만의 완벽한 유토피아로 들어온 기분이었다.

우리는 푸껫에서 친구를 만나고 방콕으로 이동해서는 우리가 처음 만났던 숙소에서 머물며, 매일 아침은 시크교 사원에서 배식받아 먹고 낮에는 시원한 도서관에 앉아 한가로운 시간을 만끽했다. 나는 그동안 능숙하게 처리할 수 없었던 용변 후 물로 뒤처리하는 법을 미키의 가르침을 통해 완벽히 익히기도 했다.

우리는 가장 좋아하는 도시 치앙마이Chiang Mai로 가서 현지인과 결혼한 미키의 친구 준 집에 머물렀다.

과거 미키와 준은 둘 다 미혼일 때부터 치앙마이에 오면 매년 자연스럽게

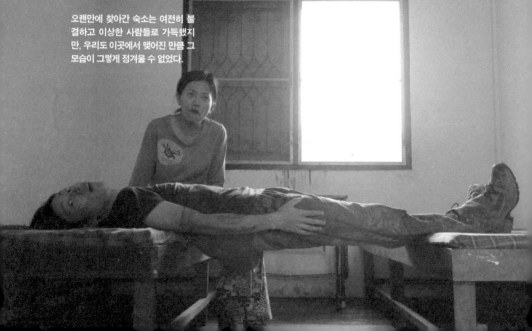

오랜만에 찾아간 숙소는 여전히 불
결하고 이상한 사람들로 가득했지
만, 우리도 이곳에서 맺어진 만큼 그
모습이 그렇게 정겨울 수 없었다.

만나는 일본 여성 모임의 멤버였다. 이들은 치앙마이에서 수공예를 하는 태국 남성들과 잦은 교류를 가졌는데, 그 안에서 여러 커플이 탄생하고 준처럼 국제결혼한 사람도 있었지만, 미키만이 태국 남성들의 열렬한 구애에도 불구하고 싱글이었다고 한다. 준은 그런 미키를 색시로 얻은 나를 능력자로 칭해주었다.

준네 부부는 주말이면 남편이 수작업으로 만든 샌들을 챙겨 들고 시장에 나가 내다 팔았다. 하루는 우리도 신발 파는 것을 도우러 나갔는데, 준과 안면 있는 한인 동포 아줌마가 나에게 다짜고짜 "나 여기서 아주 유명한 사람이야"라며 말을 걸어왔다.

나는 음악하던 시절부터 이런 수양이 덜 된 사람과 얽혀 좋게 끝을 본 적이 없기 때문에 "아…… 네"라고만 대답하고 아줌마가 있는 쪽은 쳐다보지도 않았다.

그러자 아줌마가 뜬금없이 대학 전공을 물어보았다. 나는 요즘 젊은 사람이라면 당연히 대학교를 나왔을 거라고 생각하는 아줌마에게 "그런 건 뭐하러 물으세요?"라고 대답했다. 그러자 아줌마가 하는 말이 참 기가 막혔다.

"대학교도 안 나왔지? 그러니깐 그러고 사는 거 아냐!!"

순간 대학을 안 나왔다는 이유로 내가 살면서 열심히 해온 모든 것들이 부정당하는 기분이 들어 불쾌하기 짝이 없었다.

나는 유명하다면서 나에겐 무명인 이 아줌마를 그 즉시 말로 처단하려 했지만, 준과 아는 사람이라는 사실에 잠시 망설여졌다.

그때 아줌마와 함께 있던 다 큰 아들 둘이 자기 엄마가 내뱉은 발언이 창피했는지 나를 보며 미안하다는 표정으로 고개를 숙이고는 서둘러 엄마를 데리고 그 자리를 떠났다.

한국에서도, 호주에서도, 태국에서도…… 능력 여부를 떠나 내 외양의 기준이 되는 한국인의 망할 학력 타령.

이때도 그랬지만, 미키는 내가 단지 학력만으로 한국에서의 입지가 좁은 사실을 지금까지도 나보다 더 안타까워하고 있다.

그럼 나는 오히려 미키를 다독이며 이렇게 말한다.

"걱정 마. 난 틈새용이야."

종합예술의
메카!
지옥사원

준은 현지인들만 알고 찾아간다는 지옥사원으로 우리를 데려갔다.

지옥사원으로 말하자면, 불교의 가르침에 반하는 죄를 범한 인간이 저승에서 천벌을 받는 광경을 마네킹으로 표현한 사원으로서, 그 수위가 꽤나 원색적인 것으로도 유명하다.

인간의 후두엽을 자극하는 것이라면 그게 무엇이든지 간에 가장 왕성한 호기심을 자랑하는 나는 지옥사원에 도착하기 전부터 솟구치는 아드레날린을 주체할 수 없어 안절부절못했다. 옆에서 그 모습을 지켜보던 미키는 내가 그렇게 기뻐 보일 수 없었다고 한다.

기분이 업된 상태로 사원에 도착해서는 카메라 셔터에 집게손가락을 바짝 붙이고 안으로 들어갔다. 이곳이 지옥임을 알리듯 입구 초반부터 살점이 모두 떨어진 채 고통스러운 얼굴을 한 문지기 마네킹이 서 있었다.

그러나 그것은 시작에 불과.

사원은 안으로 들어가면 들어갈수록 그 수위가 점점 더 높아졌다. 사람의 옆구리를 쇠꼬챙이로 꽂아 빙글빙글 돌리고 있는 마네킹과 혀를 있는 힘껏 당겨 입이 화의 근원이라는 걸 암시하는 마네킹, 외도를 했는지 성기가 세로로 절단되고 있는 남자 마네킹 등, 지옥사원의 표현력과 상상력은 내가 살면서 봐 왔던 모든 예술을 한군데에 집결시킨 종합예술의 성지였다.

나는 내 생애 이렇게 완벽한 사진 모델을 한 번도 본 적이 없던 터라, 몰입해서 지옥사원의 모든 것을 사진으로 담았다. 혹시나 사진을 찍는 도중, 마네킹으로부터 영적 기운을 느낄 수 있진 않을까 싶어 마네킹의 눈을 응시해보기도 했으나 마네킹이 너무 못생겨서 계속 쳐다볼 수 없었다.

준과 그의 남편은 눈 오는 날 환장하는 개처럼 "흙흙"거리며 지옥사원을 날뛰는 나를 보고 "저 친구 이곳에 안 데리고 왔으면 어쩔 뻔했냐"는 얘기를 했다고 한다.

01 휴대폰 배경 후보였던 사진.
02 얼굴이 너무 못생겨서 5초 이상
쳐다볼 수 없던 마네킹.

03 아무도 없는 장소에서 머리 위에
있던 이것을 발견한 순간 두 방울 정
도 찔끔했다.

04 알코올이 들어갔을 때의 내 몸
색깔과 똑같다.

준네 가족과 미키.
훗날 우리에게 2세가 생겨 선과 악, 윤리에 대해 가르쳐야 할 날이 온다면,
머리 아프게 설명할 것 없이 이곳에 데리고 오면 한 방에 끝나겠다는 생각
이 들었다.

활동형 히키코모리 일본인, 라오스 소수 민족과 친해지다

　태국에 있는 동안 중국에 거주 중인 마데를 만나러 가기 위해 우린 중국 관광 비자를 취득하고 육로로 태국과 중국 사이에 있는 라오스로 향했다(한국인은 일본인과 달리 중국을 방문할 시 의무적으로 관광 비자를 취득해야 한다).

　태국 국경지대 치앙콩ChiangKong에서 라오스까지는 모터보트를 타고 메콩 강을 건너야 한다. 두 나라 사이에 있는 메콩 강의 폭은 1분이면 건널 수 있을 정도로 가깝지만, 그곳에서 내가 느낀 1분과 매년 2만 명에 달하는 탈북자들이 자유의 몸이 되기 직전에 느낀 1분은 사뭇 달랐을 것이다. 이곳으로 말하자면 북한을 탈출해 강제 북송의 위험을 무릅쓰고 라오스로 건너오는 핵심 탈북 관문이기 때문이다. 나는 같은 겨레끼리 한쪽은 목숨 걸고 강을 건너고, 한쪽은 1달러 남짓한 돈에 쉽게 강을 건너는 사실에 한동안 강에서 시선을 떼지 못한 채 먹먹한 기분에 잠겼다. 미키는 이 기분을 알까……?

　라오스에 도착해서는 중국행 버스가 있는 루앙남타Luangnamtha로 갔다. 마치 그래픽을 보는 착각이 들 정도로 우거진 자연 풍경을 보며 왜 두 바퀴 여행

강을 끼고 서 있는 곳이 태국, 강 건너 있는 곳이 라오스. 메콩 강이 손에 잡힐 듯 가깝다.

자들에게 라오스가 각광을 받고 있는지 크게 공감할 수 있었다.

　루앙남타는 제대로 된 현대식 건물 하나 없는 아주 작은 마을이었다. 며칠간 이곳에 머물기로 한 우리는 인근에 현대 문명을 등지고 사는 소수 민족 '렌텐족'이 있다는 정보를 접하고 그들을 만나기 위해 오토바이를 한 대 대절해 찾아갔다.

　그러나 출발한 지 몇 분 지나지 않아서 비포장도로를 만나 더 이상 앞으로 나아갈 수 없는 상황에 처하고 말았다. 전날 왔던 폭우로 인해 길이 너무 험했기 때문이다. 그러나 미키는 내가 지옥사원에서 보였던 것만큼 강력한 호기심을 보이며 후진을 결코 허락지 않았고, 결국 몇 번이나 진흙탕에 나동그라진 끝에 우린 렌텐족 마을에 도착했다.

　마을은 남자는 거의 안 보이고 모두가 같은 복장, 같은 머리를 한 여인들만이 자연광을 조명 삼아 명주실 옷을 만들며 생활 대부분을 자연에서 얻을 수 있는 것만으로 해결하는 듯했다. 화학제품과 일회용품을 사용하지 않는 생활을 꿈꾸는 미키에게 그들의 생활방식은 동경 그 자체였다. 미키는 평소엔 서투른 친화력을 십분 발휘해 렌텐족 여인들의 삶 속으로 침투했다. 마을 원로가 누에고치로 실을 만들고, 천연 염색을 하는 과정을 보며 그렇게 좋아할 수가 없었다. 그 옆에서 나는 20살의 앳된 여인이 아이에게 젖 물리는 모습이 너무 아름다운 나머지 외간 여자의 속살을 아주 넋 놓고 바라보기도 했다.

우리는 온종일 렌텐족 마을에 있으면서 마을의 모든 것을 관찰하고 싶었지만, 폭우가 쏟아지려는 궂은 날씨는 귀로를 재촉하게 만들었다.

어쩔 수 없이 아쉬움을 뒤로한 채 다시 비포장도로를 달려 숙소로 돌아왔지만 그 뒤에도 미키는 진한 여운이 남았던지 아무 말 없이 잠시 고민에 잠겼다. 그러더니 천둥 번개를 동반한 폭우가 쏟아지는 날씨 속에 나를 다시 오토바이 운전대에 앉혀 렌텐족 마을로 찾아가게 만들었다.

나는 이때 미키를 보며 속으로 참 징하다고 생각했지만, 나도 무언가에 꽂혀버리면 미키 못지않게 극성이기 때문에 군말 없이 협조해주었다.

온몸이 비에 젖고 진흙투성이가 되어 다시 렌텐족 마을을 찾아가자 그들은 하루에 두 번이나 온 우리가 신기했던지 첫 번째와는 비교도 안 되게 반갑게 맞아주었다. 미키는 열심히 손짓·발짓·눈짓·몸짓을 해가며 렌텐족 여인들과 대화를 나누고, 그들이 전통 방식대로 만든 민족의상을 구입해 그 자리에서 입으면서 이방인의 허물을 완벽하게 벗었다.

나는 결혼 후 1년이 넘도록 이렇게까지 적극적인 미키는 처음 보았다. 만약 이때의 미키를 영상으로 담았다면 〈활동형 히키코모리 일본인! 라오스 소수 민족과 친해지다〉라는 다큐멘터리가 지금쯤 P2P사이트를 돌아다니고 있지 않았을까?

렌텐족 아이들.
여자아이들에 비해 남자아이들은
거의 보이지 않았다.

같은 년도에 서로 다른 나라에서 태어나 너무나 다른 삶을 살아가고 있는 동갑내기 두 여인.

반도인과
열도인의
대륙 탐험

라오스를 떠나기 전날 밤, 우리는 반찬도 없이 산 공깃밥만 가지고 중국 징홍景洪으로 가는 버스에 올랐다. 중국 국경에 도착해서는 입국 수속을 밟기 전 군인에게 짐 검사를 받아야 했는데, 미키는 그냥 넘어가고 나에게만 가방에 있는 소지품을 전부 까보라는 명령이 떨어졌다. 내 행색이 퍽이나 수상했었나 보다. 나는 딱히 압수당할 만한 물건은 없었지만 한 가지 신경 쓰이는 것이 있었다. 바로 인도네시아에서 구입한 아주 적나라하게 생겨먹은 성기 모양 열쇠고리였다. 나는 이것이 행여 성인용품으로 간주되어 압수당하지는 않을까 내심 걱정했지만, 다행히 아무 일 없이 국경을 통과할 수 있었다.

처음 도착한 중국 땅에서도 우리가 간 지역은 거짓말 하나 안 보태고 영어가 '원, 투, 쓰리'조차 통하질 않았다. 그래서 대만에서 썼던 방법처럼 미키가 종이에 한자를 적어가며 환전을 하고, 마데가 있는 웨이팡濰坊에 가기 전 윈난성雲南省으로 먼저 떠났다.

성내를 이동하는 야간열차에서는 후각을 테러당하는 끔찍한 일을 겪어야 했다. 야간열차 침대칸 중 가격이 가장 저렴한 맨 위 칸에 탔다가 내 바로 아래쪽에서 스멀스멀 올라오는 지독한 발 냄새 때문에 잠을 이루지 못한 것이다.

나는 피곤에 절어 자지 않고서야 배길 수 없던 나머지 코 옆에 비누를 두고 수면을 시도해보았다. 하지만 비누 따위로는 발 냄새를 얼버무릴 수 없었다.

최후의 방법으로 인중에 치약을 바르고서야 겨우 잠들 수 있었는데, 지금 생각해보면 잠든 게 아니라 냄새와 사투를 벌이다 정신을 잃었던 것이 아닐까 싶다. 그때 미키는 건너편에서 무슨 일이 벌어지고 있는지도 모른 채 깊은 잠에 빠져 있었나.

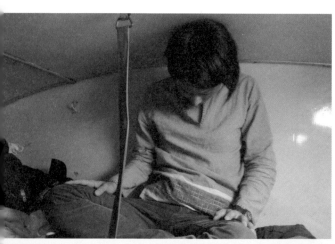

침대칸 가장 위는 단신인 나조차 고개를 들 수 없을 만큼 낮았다.

윈난 성에는 수많은 소수 민족이 살고, 윈난 성의 수도격인 쿤밍(昆明)에는 그러한 민족들을 한데 모아둔 '소수 민족촌' 테마파크가 있다. 이곳을 방문하면서 미키는 이때다 싶었는지 렌텐족에게서 산 민족의상을 차려입고 갔다. 그러나 소수 민족촌에서 렌텐족 민족의상을 입고 있는 미키는 다른 민족의상에 비해 너무 평범해 눈에 들어오지 않을뿐더러, 얼핏 보면 이벤트 요원과 분간이 가지 않았다. 사진은 미키와 이벤트 요원들이다.

세계 3대 트레킹으로 불리는 후타 오샤(虎跳峽)트레킹. 후타오샤는 해발 약 6,000미터 위룽쉐산(玉龍雪山)과 약 5,400미터 하바쉐산(哈巴雪山) 협곡에 나 있는 2,000미터 산길이다. 우리는 후타오샤를 1박 2일 동안 걸으면서 고급 등산장비로 중무장한 한국 단체들을 제법 많이 만날 수 있었다. 그런데 직접 트레킹을 해보니 이곳은 중무장할 필요도 없이 청바지에 대나무 지팡이로도 충분했다. 이것은 젊음에 근거한 교만한 발언이 아니다. 다녀온 사람들은 알 것이다. 인터넷에 올라온 후기들이 얼마나 포장되어 있는가를……

01

02

01 후탸오샤에서 1박을 머문 숙소 창문 밖 풍경. 1만 원대에 머문 숙소 중에선 단연 최고의 액자였다.
02 트레킹 중간에 들른 휴식처에서 바나나 팬케이크를 주문했더니, 덜 구워진 얇은 밀가루 위에 생 바나나 를 올려놓은 것이 나왔다.

윈난 성에서 가장 인상 깊었던 것 중 하나는 바로 공동 화장실로, 변기와 변기 사이가 문 없이 낮은 칸막이로만 되어 있거나, 아예 칸막이조차 없는 곳도 있었다. 가끔씩 문이 달린 곳이 있어도 사람들은 문을 활짝 연 채 뚱을 싸고 있었다.

해발 3,500미터에 위치한 샹그
릴라에서.
샹그릴라를 가기 전 알게 된 여
행자가 그곳에서 극심한 고산병
을 앓았다는 얘기를 하면서 우
리에게 무사하고 싶으면 절대
머리를 감지 말라고 당부했다.
나와 미키는 그 말을 대수롭지
않게 여겨 샤워에 머리까지 감
고 젖은 머리로 밖을 돌아다녔
지만, 고산병 증세는 전혀 나타
나지 않았다.

윈난 성의 물가는 대만과 마찬가지로 한국과 크게 다르지 않았다. 숙소는 말할 것도 없고, 식비의 경우 밥을 한 끼라도 제대로 먹으려면 동남아에서 먹는 세 끼 식비가 한 번에 들 정도로 비쌌다. 그래서 우린 윈난 성을 벗어나지 않고 있다가, 태국에서 기차와 비슷한 가격으로 획득한 항공권을 이용해 누나가 있는 웨이팡으로 날아갔다.

이때가 일본을 떠난 지 약 300일째 되던 때.

가지고 있던 여행 경비에 빨간불이 들어오면서 둘 사이에 여행 지속 찬반에 대한 이야기가 잦은 화두로 떠오르기 시작했다.

저우청(周城) 염색 마을에서.

마데
인
차이나

    두 살 위 친누나 마데와 나는 서로 30대가 된 지금도 마데가 혼자 있을 땐 팔짱을 끼거나 손잡고 거리를 걷는다. 내가 그렇게 하지 않으면 미키가 마데의 팔짱을 낀다. 그리고 우릴 아는 사람은 누구도 그걸 이상하게 생각하지 않는다.

    그 이유는 마데가 한창 꽃다운 나이던 여고생 시절, 희귀병인 스티븐스—존슨 증후군에 걸려 죽음의 문턱에서 살아온 대신 눈에 치명적인 장애를 입었기 때문이다.

    마데는 눈은 불편했어도 밝은 성격 탓에 대인관계도 잘 꾸리고 삶에 대한 의지도 강했다. 하지만 20대 중반에 급작스럽게 찾아온 눈의 극심한 통증과 시각장애 1급 판정은 마데의 성격에도 큰 장애를 가져다주었고, 당시 나는 마데 옆에서 가끔 눈이 되어주고 같이 손잡고 병원 가는 것 외에는 해줄 수 있는 것이 아무것도 없었다…….

    그러던 2009년 늦가을, 마데는 자신의 마지막 여행이 될지도 모른다는 얘기와 함께 나에게 태국에서 만나자는 말만 남기고 혼자 베트남을 거쳐 태국으

마데의 양쪽 눈은 신경이 손상되어 각막 이식이 불가능한 상태지만, 그나마 한쪽 눈은 명암으로 사물 확인이 가능하다.

로 떠났다(혼자 공항까지 가는 것도 버거운 마데는 베트남에서 자신에게 호의를 베푼 한국인에게 성폭행을 당할 뻔했다).

나는 마데가 걱정되어 서둘러 태국으로 가는 표를 알아보았다. 그러던 중, 태국에 사는 친구의 적극적인 초대와 때마침 나도 여행을 떠나려 했던 타이밍이 완벽히 들어맞아 태국으로 가게 되었고, 그때 지금 나의 반쪽인 미키를 만났다.

내가 미키와 일본에서 신혼을 보내고 있던 시기에, 마데는 오랜 친구 사이에서 연인으로 발전한 서영교(이하: 교)의 일터인 필리핀에서 지내고 있다는 소식을 전해왔다. 그리고 우리가 일본을 떠나 동남아를 여행 중일 때, 가장 최근에 중국에서 무료 진료소를 운영하시는 분과 인연이 닿아 교와 함께 무작정 그를 찾아갔다는 소식을 전해왔고, 나와 미키는 마데의 안부를 살필 목적으로 중국까지 오게 된 것이다.

우린 마데가 보내준 주소와 사진만 가지고 드넓은 중국 땅의 웨이팡까지 가서 그들이 지내고 있다는 침술원으로 찾아갔다.

左) 마데, 右) 나.
마데는 어느 날 우리 남매가 남북 전쟁으로 이산가족이 되면, 훗날 문신으로
자기를 찾으라며 나랑 똑같은 문신을 한 사진을 이메일로 보내왔다. 세계
유일의 분단국가에 사는 현실이 슬프다.

MADE IN CHINA(마데 인 차이나)!!

교는 간디학교 출신으로, 성인이 되어서는 아무 가진 것 없이 세계를 누비다가 왼쪽으로 기울어진 자신의 가치관을 담은 에세이 『붕어빵과 개구멍』을 출간한 글쟁이다. 그는 자칭 '슈퍼 천재 울트라 꽃미남'으로 자기를 신격화하지만, 곱슬머리와 타인의 후각에 장애를 안겨줄 수준의 발 냄새를 지니고 있기 때문에 꽃미남으로선 실격이다.

가끔은 말도 안 되게 낙관적이고, 피터팬 콤플렉스가 아닌가 싶을 정도로 동화 속에 빠져 있는 모습을 보여주는 교. 웃을 때 더 못생겨지는 그의 얼굴에 피어오르는 선(善)을 보면 그의 모든 행동이 정당해 보인다.

사실 말이야 간단하지만 윈난 성에서 웨이팡까지는 하루 동안 [버스→비행기→야외 노숙→버스→오바이트→기차→택시]를 거쳐서야 겨우 도착할 수 있는 거리였다.

17개월 만에 타국에서 만난 마데는 숏커트에 샛노란 머리를 하고 매우 밝은 표정으로 우리를 맞아주었다. 그 얼굴을 보는 순간 일단 마음이 놓였다.

나는 마데의 얼굴을 확인하고는 곧바로 마데의 남자 친구 교에게 다가가 그와 정식으로 통성명하기 전 감사의 말부터 전했다. 솔직히 나라면 눈이 불편한 사람을 데리고 이곳저곳을 다닐 자신이 없는데, 그게 바로 나의 친누나였기 때문이다.

그리고 내가 감사의 말을 전한 사람이 한 명 더 있었다.

바로 나를 따라 힘든 여정도 마다하지 않고 매 순간을 즐겨준 나의 든든한 지원군 미키였다.

꿈을 등진
주소 없는
귀항

무료 진료소를 운영하시는 강 선생님은 과거 건축업으로 성공해 남부럽지 않을 만큼의 부를 축적했지만, 어느 날 삶이 부질없게 느껴져 모든 것을 관두고 중국으로 떠나셨다고 한다.

그러고는 평소 관심 있었던 동양 의학을 본격적으로 공부해서 현지 환자들을 무료로 치료해주는 한편, 지구 환경과 우주에 관한 연구도 틈틈이 하고 계셨다. 그때 지인을 통해 소개받은 마데와 교가 자신의 치료 목적과 앞으로의 지향점이 같자, 한 가족이 되어 지금까지 오게 된 것이 내가 마데에게서 들은 이야기이다.

우리가 만난 강 선생님은 진료를 보시다가도 일정 시간이 되면 환자들을 복도에 세워두고 기천무를 가르치셨다. 천연자원의 고갈로 세상이 흉흉하게 변할 것을 대비해 자기 몸은 자기가 지킬 줄 알아야 한다는 것이 그의 지론이었다.

나와 미키는 환경 변화를 이런 식으로 대비하고 있는 사람은 처음 본 나머지 다소 어리둥절했지만, 우리도 우리 몸 정도는 지켜볼까 해서 기천무의 기마

자세를 따라 하곤 했다.

강 선생님의 도움으로 열흘을 웨이팡에서 머무는 동안, 하루는 선생님께서 미키와 나의 인생관을 차례로 물어오셨다. 미키는 곧바로 자연과의 조화를 추구하는 소박한 삶을 인생의 목표로 이야기하며 강 선생님의 큰 동의를 얻었다.

다음으로 나는 미키의 말에 내 의견을 얹어가며 이야기를 시작했다. 하지만 사실 이때까지 인생관이나 가치관에 대해 구체적으로 생각해본 적이 없던 나는 겉만 번지르르한 말들을 쏟아냈고, 그것은 강 선생님의 날카로운 지적을 피해갈 수 없었다.

"너는 미키와 어디서 사는 게 꿈이니?"

"음…… 태국 치앙마이요?"

"그럼 이번 여행 중에 다시 치앙마이로 가니?"

"아니요, 일단은 돈이 없어서 한국으로 가서 일을 한 다음 나중에 생각해봐야 될 것 같아요……."

"치앙마이에서 살고 싶으면 바로 치앙마이로 가야지, 왜 한국으로 갈 생각을 하니?"

"아…… 그게…… 그러니깐요……. 태국 말도 아직 서툴고, 돈도 없고, 취직이 된다는 보장도 없어서요……."

"넌 참 이상한 아이구나. 치앙마이에서 살고 싶다면서 한국으로 가는 네가 나는 이해가 안 된다."

순간 멍해진 나는 더 이상 주절거리지도, 아무런 반론도 할 수 없었다.

현실을 직시하고 있는 사람이라면 그렇게 대답하는 것이 당연했을지 모르지만, 자유를 왈가왈부하던 내 입에서 나온 대답이라고 하기엔 퍽이나 편협하고 꼴사나웠기 때문이다.

미키와 마데, 교 앞에서 이런 기분이 든 순간, 나는 모두의 시야에서 사라지고 싶을 정도로 부끄러웠다.

강 선생님과 대화를 나눈 그날부터 나는 심각하게 치앙마이행을 고려해보았다. 그러나 아직 나에겐 맨땅에 헤딩할 마음의 준비도 되어 있지 않았고, 미키의 모든 걸 책임질 배짱도 없었다.

그래서 현재 우리에겐 한국에 돌아갈 차비와 약간의 생활비밖에 없다는 걸 아주 합리적인 핑계인 척 내세워 결국 중국을 끝으로 이번 여정의 막을 내리기로 했다.

일본 기숙사를 떠나 오세아니아 한 번 찍고 동남아시아를 거쳐 중국까지…… 인도네시아에서 내가 칠리 알레르기로 병원 신세 한 번 진 것 외엔 둘이서 무탈 무사고, 정말 잘 놀았다.

이제는 집에 가야 할 시간.

그런데 우리에겐 집이 없다.

집을 구할 돈도 없고, 돈이 없으니 당장 무엇을 해야 할지도 떠오르지 않았다. 이런 상황에선 일단 여윳돈을 만들 수 있는 장소로 가서 그다음을 계획하는 것이 최선. 그래서 우린 중국 칭다오青島 국제항에서 배를 타고 인천항으로 들어가기로 결정했다.

마데와 교의 배웅을 받고 국제항에 도착해서 한국으로 가는 표를 끊으려던 도중, 현장에서 10만 원(2人)만 더 내면 일본으로 갈 수 있다는 사실을 알게 되자 우린 긴급회의에 들어갔다.

일본으로 가서 맞벌이를 하면 한국에서 나 혼자 버는 것보다 빨리 여유가 생길 것이고, 한국말을 전혀 못 하는 미키에게도 일본이 훨씬 편할 터……

우리는 그 자리에서 계획에도 없던 일본행을 진지하게 고민했지만, 그것도 잠시, 내가 소지한 일본 체류 비자가 소멸된 사실이 돌연 떠오르면서 일본행은 바로 무산되었다.

그리하여 잠깐 달콤했던 방금 얘기는 전부 없던 것으로 하고 처음 예정대로 한국행 배에 오르면서, 그동안 길 위에서 보낸 수많은 시간들과도 마침표를 찍게 되었다.

칭다오항에서 승선을 기다리는 미키.

결혼 후 1년 반 만에 둘이서 처음 방문하는 한국.

나는 무일푼.

20시간을 배 안에 있는 동안 이루 말할 수 없을 만큼 막막했다.

인천항에 도착해서 하선을 기다리는 나. 얼굴에 근심이 가득하다.

보이는 것이
전부인 사회

한국에 도착은 했지만 당장 갈 곳이 없던 우리는 서울에서 자취하는 친구에게 전화를 걸고 무턱대고 그곳으로 찾아갔다. 다행히 친구는 집에 방이 하나 놀고 있던 터라 우리를 공과금 정도만 내고 지낼 수 있도록 허락해주었다.

만약 친구가 없었더라면 경기도에 있는 아빠 집에 가는 것도 한국에 머물수 있는 방법 중 하나였지만 우리 집안은 남들처럼 평범하지도 않고, 아빠와 나는 아직까진 덜 자주 봐야 화목한 사이였기 때문에 애당초 선택 사항에 들어있지 않았다.

나는 한국을 전혀 모르는 미키를 챙겨줄 새도 없이 일자리를 찾아야만 했다. 다른 건 몰라도 자신 있게 일본어가 특기라고 말할 수 있는 나는 일본어를 활용할 수 있는 일을 위주로 인터넷 구인사이트에 이력서를 돌렸다. 하지만 대부분의 구인처가 대졸을 필수로 하는 터라 조건 미달인 나에게 연락 오는 곳은 단 한 군데도 없었다.

나는 문득 사회의 비상식적인 흐름에 말려들었다는 생각이 들었다. 업체들은 대졸자만 채용하면서 대졸이면 전공도 상관없다는 비상식적인 행태를

194

보였고, 이건 25살에 검정고시로 고졸이 된 나에게도, 일본에서 학력 차별을 받아본 적 없는 미키에게도 부조리하게 느껴졌다.

이러한 사회적 분위기 때문에 여행으로 얻은 긍정적 기운이 나날이 소진되고 있던 중, 하루는 전혀 예상치 못한 곳에서 면접을 알리는 전화가 걸려 왔다.

고학력 관광안내원을 모집하는 한국관광협회에서 온 전화였다. 나는 조건 미달인 나에게 온 전화가 꽤나 의아했지만 모처럼 찾아온 이 기회를 놓치지 않기 위해 정장 차림에 턱밑까지 내려오는 앞머리를 귀 뒤로 넘기고 최대한 깔끔한 용모를 갖춰 면접 장소로 향했다.

면접은 여러 명이 한꺼번에 보는 동시 면접 형식의 일본어 테스트로 나는 다른 면접자들이 쉽게 답하지 못하는 질문들을 막힘없이 대답해내면서 분위기를 나에게 유리한 쪽으로 이끌었다. 다른 사람들이 버벅거리면 버벅거릴수록 나는 더욱 자신감을 가지고 면접에 응했고, 막판엔 채용이 확실하다는 생각에 얼굴에 여유가 생기기까지 했다. 그때 공교롭게도 초반부터 지방 비하 발언을 일삼던 면접관 중 한 명이 내 머리 스타일을 가지고 트집을 잡았다.

"그런데 박건우 씨는 머리가 너무 자유분방하시군요. 옛날에 뭐 좀 했어요? 예술 하셨나 봐?"

면접관의 희롱하는 듯한 말투에 심기가 불편해진 나는 곧바로 정색을 하고 대답했다.

"머리 스타일이 자유분방한 것과 일의 능률은 상관이 없죠."

그러자 면접관이 갑자기 엄한 표정을 지으며 "박건우 씨와 우리는 인연이 없네요"라는 말과 함께 아까 분위기는 온데간데없이 그 자리에서 '불합격' 통보를 때려버렸다.

이력서를 50군데도 넘게 돌린 끝에 일어난 유감스러운 일이었다.

아니! 내가 무슨 닭 볏 머리를 한 것도 아니고, 머리를 허리에 묶고 다니는 것도 아닌데 이 정도 가지고 이러다니…… 내 참…….

이 나라 100년 전까지 상투 틀던 나라 맞아!?

고기 한번 사 먹기도 힘들었던 형편 탓에 우린 축산물 페스티벌에 가서 시식으로 배를 채우고, 각종 경품 행사에 참여해 사은품을 챙겨왔다. 그로부터 약 1년간 나는 어떤 육류든지 간에 단 한 번도 입에 대지 않았다. 고기가 일반 음식에 비해 비싸다는 이유와 나 같은 놈은 고기를 먹을 자격이 없다는 자학, 그리고 내 몸의 변화를 시험해보고 싶은 호기심에서였다.

지
구

1998년 6월 25일

농어촌진흥공사

서해안에서 식량 조달 겸 놀이를 위
한 바지락 캐기 체험.

연일 일자리도 못 구하고 미키에게 햄버거 하나 사주는 것도 부담이 되자,
급한 대로 예전에 잠깐 일한 적 있는 카페 사장님이 차린 햄버거 가게에서
주중 알바를 시작했다. 하지만 당시 햄버거 가게는 장사를 접어야 할 정도
로 심각한 적자 상태에 있었고, 그런 경영난 속에서 시급을 받는 것이 미안
했던 나는 일한 지 한 달도 안 되어 스스로 일을 그만두었다.

외국인
며느리의
위엄

또다시 백수로 돌아간 상태에서, 1년 중 설날 다음으로 가장 피하고 싶은 명절이자 나에겐 납량특집 재방송인 추석이 왔다.

중국에서 한국으로 돌아올 때 곧 추석인 걸 알았더라면 어떡해서든 시간을 더 벌었을 텐데……. 여행 중 주머니 사정과 귀국 날의 엇박자로 의식조차 못 하고 있었다.

내가 이렇게까지 명절 콤플렉스를 느끼는 이유는 단순하면서도 복잡하다.

가족 친지들에게 듣는 잔소리야 이골이 나서 싫은 소리가 들리기라도 하면 뇌가 자동 '잠자기 모드'에 들어가지만, 내가 반듯해져야 한다는 중압감만큼은 떨칠 수가 없다. 게다가 그 반듯함은 나와 '정반대'라는 사실을 알았기 때문에 갈수록 반대 격차가 벌어지고 있는 지금, 중압감이 더욱 크게 느껴질 수밖에 없었다. 그래서 고향에 내려가고 싶지 않았다. 하지만 그놈의 양심이 뭔지, 한국에 있으면서 고향에 안 내려가는 것을 허락해주지 않은 탓에 결국 귀성길에 오르고 말았다.

미키와 결혼하기 전 한 번 오고 부부가 되어 두 번째 오는 부산.

미키는 우리 친할머니와 아빠를 겪은 것만으로도 이번에 처음 만나게 될 친가 친척들 모두 엄격한 이미지로 생각하고 있었기 때문에 부산으로 내려가는 차 안에서부터 잔뜩 긴장해 있었다. 나는 그런 미키를 보며 한 가지를 당부했다.

바로 한국말을 할 때는 〈절대로 존댓말을 쓰지 말 것!〉이었다.

이것은 우리와 같은 아시아 계열의 얼굴을 한 미키가 외국인이라는 사실을 모두에게 각인시키기 위한 작전으로서, 조상님 제삿날이 미키 제삿날이 되는 상황을 우려해서였다. 아직 한국 문화를 받아들일 준비가 안 된 개성 강한 미키를 보호하기 위해선 이 같은 철없는 작전을 세울 수밖에 없었다.

아직도 '홍시'를 '썩은 감'으로 표현하는 미키에게 한국 문화 적응은 갈 길이 멀게만 느껴진다.

추석 당일,

친가 친척 스물다섯 명이 한곳에 모인 자리에서 미키는 계속 긴장한 상태로 어쩔 줄 몰라 했다. 부엌에서 상 차리는 일을 도우자니 말이 안 통해 실수를 저지를 것만 같고, 그렇다고 가만히 앉아 있자니 안락한 분위기도 아니고…….

나는 미키의 긴장을 풀어주려 했지만, 나 역시 편치 않은 자리에서 그렇게 해주기란 쉽지 않았다.

계속해서 살얼음 위를 걷는 기분으로 눈치 속에 차례를 마치고 모두가 한자리에 모여 밥을 먹는데, 우린 일부러 집안 어르신들과 가장 떨어진 곳에 앉았다.

나는 안전지대에 숨어 있으면서도 행여 '네가 집안을 일으키니 어쩌니' 하는 압박을 받을까 봐 내가 쌀을 씹고 있는 건지 돌을 씹고 있는 건지도 모른 채 고개 숙여 밥만 먹었다.

그때 밥을 다 먹은 미키가 주방에서 커피를 타오면서 아빠한테 커피를 건넬 때 뭐라고 말해야 되는지 물었다.

나는 미키 귀에다 대고 "아빠, 커피 마셔"라고 말하면 된다고 알려주었다. 그러자 미키가 커피 잔을 머리 위로 쳐들고는 우리와 가장 떨어진 자리에서 식사를 마친 아빠를 보며 우렁찬 목소리로 말했다.

"아빠, 커피 마셔!"

순간 밥을 먹고 있던 사람들이 모두 놀라고, 내 또래 사촌들은 입에 머금은 밥알이 다 튀어나올 정도로 강렬한 웃음을 참느라 눈물을 쏟는 게 보였다.

그중에서도 가장 놀란 사람은 바로 나였다. 미키가 직접 가지 않고 멀리서 그렇게 크게 말할 줄은 몰랐기 때문이다. 그때 모두의 주목 속에 핀 조명을 받은 아빠가 고개를 절레절레 흔들며 미키에게 대답했다.

"아까 마셨어. 미키야, 너 마셔."

집안 어르신들 중에서도 촌수가 높은 아빠를 통해 미키가 "나 외국인이야!"를 제대로 어필한 아주 통쾌한 순간이었다.

"잘했어! 미키 아바타!"

내가 자칫 철없어 보이는 이러한 행동들을 하는 이유는 가족 친지끼리 섭섭함과 부담을 주는 관계가 되는 걸 원치 않는 평화적 차원의 지능적 행동이라는 걸 우리 선조들은 알고 계실 거다.

인생을 오래 살지 않아도 흔히 들을 수 있는 주변의 혈연 다툼만큼이나 우리네 세상살이에 아쉬운 얘긴 또 없지 않은가!

결혼 2년 차,
여관에 살며,
폐여관을 청소하다

추석이 끝나고 미키의 무료 한국어 교실을 찾아보던 중, 대전 외국인 이주여성센터에서 미키를 학생으로 받아주겠다는 연락이 왔다. 그와 함께 생방송 프로야구 경기 중계 중에 만취 상태로 그라운드를 질주해서 경찰서로 끌려간 이력이 있는 박생규 씨로부터 지금 대전에 오면 아버지 공장에서 조경 일을 할 수 있도록 도와준다는 연락을 받고 우리는 한달음에 대전으로 내려갔다.

대전역 근처 선화동에 여관 달방_{주로 모텔에서 월세와 같이 달마다 숙박비를 지불하는 형식의} _{투숙 방법}을 얻고, 미키는 곧바로 한국어 교실에 다니기 시작했다. 대전이 처음이 아니었던 미키는 생각보다 적응을 잘하며 한국어 수업도 곧잘 따라갔고, 방과 후에는 베트남 처자들과 떡볶이를 먹으러 가는 등, 내가 챙겨주지 않아도 알아서 자주적인 시간을 보냈다.

그사이 나는 틈틈이 조경 일과 막노동을 하면서 한국에 온 이래 처음으로 금전적인 여유가 생기기 시작했다. 당시 있었던 일 중 아직도 생생히 기억나는 것은 내가 미키에게 치즈 케이크 한 판을 선물했던 날, 37살 미키가 갑자기 30년을 잃어버린 7살 아이처럼 방방 뛰며 기뻐하던 모습이다. 미키는 내가 보는 앞에서 그 빽빽한 치즈 케이크를 숨넘어갈 정도로 게걸스럽게 먹으며 나와 눈이 마주칠 때마다 함박웃음을 지어주었는데, 나는 그 모습을 보며 여관방에 살면서도 세상을 다 가진 것처럼 행복했다.

홍대와 대전 벼룩시장에서 두 차례
용돈 벌이를 한 미키.

남들은 감추고 싶어 할지 모르는 생활을 하면서도 불평 한 마디 안 하는
미키의 내조에 나는 하루하루 경의를 표하지 않을 수 없다.

한편 우리에겐 한국에 함께 체류하는 데 90일이라는 시간 제약이 있었다.
중국에서 한국으로 들어올 때 미키가 관광 비자로 입국했기 때문이다. 특수한
경우가 아니고서야 한국에서의 비자 변경 신청은 받아들여지지 않고, 이 기간
안에 일본을 가지 않으면 불법 체류자가 되는 상황.

우린 한국과 일본 어디서 지내는 것이 좋을지 서로의 의견을 물어보았다.

미키: 대전 생활에 만족하고 있지만, 일본으로 가서 맞벌이를 하고 싶음.

나: 확실한 직업도 없고, 미키의 의견에 반대할 이유도 없음.

일본행 콜!

그리하여 배낭을 어깨에서 내려놓은 지 3개월도 채 지나지 않아 또다시 짐을 꾸렸다. 그런데 언제 다시 돌아올지 기약 없는 상태에서 보내는 마지막 날밤, 전화가 걸려 오기엔 다소 늦은 시각에 인도에서 전화가 왔다.

몇 주 전 지인이 소개해준 여행사에서 내가 현지 가이드로 채용되었다는 전화였다. 사실 추석이 지나고 나서도 연락이 한 번 왔었지만, 그때는 채용에 관한 구체적인 얘기도 없었고, 내 쪽에선 여행사와 연락이 닿질 않았기 때문에 속으로 생각도 못 하고 있었는데…… 하필이면 출국 전날 연락이 오는 건 도대체 무슨 시추에이션인가!!

일단 우린 인도행을 확정 짓지 않고, 다음 날 예정대로 일본으로 출국했다.

일본에 도착하자 인도와 더 멀어져서 그런지 인도로 가는 것이 비현실적이라는 생각이 들었다. 그러나 그것은 곧 일본에 있는 것이 비현실적이라는 생각으로 바뀌었다. 후쿠시마 아이들이 겨울방학 동안 지낼 수 있는 공간을 만드는 '폐여관 청소 봉사활동'에 참가하면서부터였다.

우리가 청소를 나간 곳은 미에현 이세시마三重県 伊勢志摩에서 1995년에 마지막 위생 검사를 받고 줄곧 방치된 낡은 폐여관이었다. 그곳은 숨을 쉴 때마다 허파에 곰팡이가 슬 정도로 습하고, 눈에 보이는 모든 곳에 묵은 때가 껴 있었다.

김포 공항으로 이동하는 지하철 안에서. 모든 짐을 바리바리 싸들고 떠나는 국제 이사는 정말 힘들다.

나와 미키는 아이들이 머물 곳이라는 생각에 호주에서 반년간 청소만 하던 실력을 발휘해 열심히 청소했지만, 폐여관은 청소를 하는 것보다 건물을 새로 짓는 게 더 빠를 정도로 답이 없어 보였다.

봉사활동을 마치고 모두 한곳에 모인 식사 자리에서 봉사단들은 앞으로 일본에 닥칠 재앙과 현재 후쿠시마에 만연한 방사능에 대해 열띤 토론을 벌였다. 단순 루머가 아닌 상당히 전문적이고 설득력 있는 얘기들이었고, 들으면 들을수록 일본에 있는 것이 오답처럼 느껴졌다.

그렇게 먼지 범벅이 된 몸보다 마음이 더 찝찝해진 기분으로 집에 돌아와서는 텔레비전을 켜자, 마침 방송에선 방사능의 이점과 방사능이 안전한 이유

미에현 이세시마의 폐여관에서.

에 대해 설명하고 있었다.

　잠시 후, 우린 서로 아무 말 없이 멍하게 차를 마시다가 누가 먼저라 할 것
없이 입을 열었다.

　"인도로 가자!!"

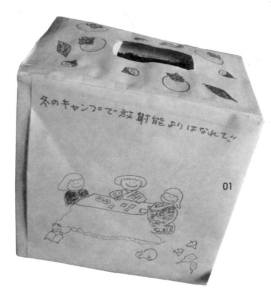

01

봉사단들이 만든 모금함 문구
01 "겨울 캠프에서 방사능으로부터
벗어나렴."
02 "일본에 사람이 살 수 없는 곳이
생기고 말았습니다. 인간의 힘으로
는 돌이킬 수 없다는 사실을 이제라
도 알았으니, 새로운 원자력 발전소
를 만들어서는 안 되겠지요."

02

신은 존재하지만, 룰은 존재하지 않는 나라 인도

인도행을 결정한 뒤 나는 곧 다가올 성수기를 피해 서둘러 인도로 갔다(미키는 모처럼 들른 일본에서 휴식을 취하기로 하고 한 달 뒤에 오기로 했다).

인도에 첫발을 내디딘 곳은 수도 델리Delhi.

미키와 떨어져 다른 나라에 방문하는 것은 태국에서 미얀마 국경을 살짝 넘어본 것 외엔 처음 있는 일로 나는 벌써부터 미키가 그리웠다.

델리에서 취직된 여행사로 가는 지하철 안은 세계에서 중국 다음으로 인구가 많은 나라답게 초만원이었다.

나는 그 사이를 배낭에, 크로스백에, 손가방까지 들고 올라타 지하철 창문 앞에 짜부라져 갔다. 그렇게 한참을 가다가 무의식중에 이상한 느낌이 들어 무심코 뒤를 돌아보았다.

"이런 개!!!!!"

내 뒤에 서 있던 소매치기가 내 배낭 지퍼를 열려 하고 있었다. 사람들에게 끼어 팔을 움직일 수 없던 나는 재빨리 몸을 좌우로 흔들어 소매치기의 손을 뿌리쳤다. 그리고 온 힘을 다해 그의 머리끄덩이를 낚아채려 하자 소매치기는 순

세계 7대 불가사의 중 하나인 타지마할에서.

식간에 콩나물시루같이 얽힌 사람들 틈으로 사라져버렸다. 이때부터 나는 계속

해서 옴짝달싹 못한 채 온 신경을 짐에만 집중시켜 목적지까지 이동해야 했다.

여행사에 도착하니 여기저기서 울리는 전화벨 소리와 계속 이어지는 방문

객들로 한국인 사장은 나의 인사를 느긋하게 받아줄 여유 따윈 없어 보였다.

그래서 영업 종료 시간을 훌쩍 넘기고서야 첫 신입 교육을 받고, 당분간은

현지 적응을 위해 사무실 대신 밖을 돌아다닐 것을 권고받았다.

인도는 노점에서 500원에 밥 한 끼 해결 가능할 정도로 물가가 저렴했지

만, 그런 곳은 위에선 사람이 아래에선 설치류가 함께 밥을 먹었고, 태국 방콕

보다 수십 배나 시끄러운 도시의 소음은 정신을 혼미하게 만들었다. 또한 관광지 바가지요금은 그 정도가 터무니없다 못해 분노가 치밀 정도였으며, 거의 모든 상황에 적용되는 "노 프라블럼"은 웬만큼 무너지는 상식엔 꿈쩍도 안 하는 나를 몇 번이고 충격에 빠뜨렸다.

이를테면,

눈앞에서 자동차와 자전거가 부딪쳐 사람이 날아가도 "노 프라블럼!"
길바닥 치과의가 여러 환자 입을 맨손으로 쑤셔도 "노 프라블럼!"
세 명 정원의 삼륜 택시 릭샤에 열두 명이 타도 굴러만 가면 "노 프라블럼!"
기차가 반나절 연착되어도 "노 프라블럼!"
먹는 음식에 벌레가 같이 볶여 나와도 "노 프라블럼!"
거스름돈을 던지면서도 "노 프라블럼!"
들개를 몽둥이로 패는 걸 말려도 "노 프라블럼!"(여기서는 "패도 돼"의 의미)
마누라에게 두들겨 맞아도 "노 프라블럼!"
똥 싸는 사진을 찍어도 "노 프라블럼!"
트럭 위에서 실수로 사람 얼굴을 밟고 내려와도 "노 프라블럼!"
모든 안 좋은 일은 신의 뜻으로 여기며 "노 프라블럼! 노 프라블럼!"

위의 것들 모두 내가 실제로 보고, 일부는 직접 겪은 것으로 그들은 "노 프라블럼"을 얘기할 때 고개를 옆으로 까닥하는 특유의 제스처를 취하며, 모든 일상에 "노 프라블럼"을 통용시키고 있었다.

인도에선 "노 프라블럼" 외에도 초면에 휴대폰이나 노트북, 선글라스, 시계,
심지어는 가방에 달린 부속품까지 달라는 사람들을 심심치 않게 보았다.
이곳엔 신은 존재하지만 룰은 존재하지 않는 듯했다.

델리 국제공항.
나는 미키가 공항에 도착할 때마다 모든 일을 제쳐두고서라도 항상 마중을
나가는데, 미키는 한 번도 나를 마중 나온 적 없다. 흥!

가이드 신입 교육을 마치고 견습을 나가는 당일 날 아침, 학수고대하던 미키가 인도에 도착했다. 나는 공항에서 미키를 픽업해 우리가 함께 살게 될 여행사 기숙사에 바래다주고, 그날부터 일주일간 집을 비워야 했다. 미키도 인도가 처음은 아니었지만, 도착 첫날부터 볕도 안 들고 물도 모터로 끌어 써야 하는 불편한 기숙사에 혼자 두는 것이 어딘가 미안한 마음이 들었다. 하지만 걱정은 하지 않았다. 미키는 어디에 내놔도 생존 본능이 꿈틀거리는 여인임을 이때는 이미 잘 알고 있었으니까!

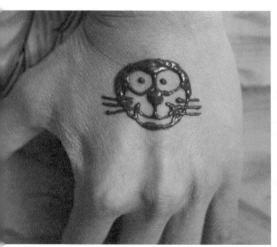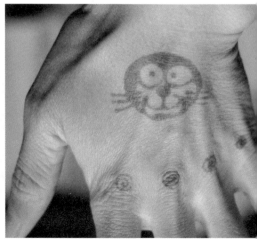

미키가 나를 상대로 연습한 헤나.
한 달 동안 지워지지 않는 도라에몽 때문에 여행사 사장에게 욕을 바가지로
먹어야 했다.

216

갠지스 강
오리 알 신세

투어 견습은 한국인 단체 관광객을 이끌고 인도 주요 관광지 다섯 군데를 안내하는 고급 패키지 상품이었다. 나를 포함한 세 명의 한국인 가이드는 현지 가이드에게 일의 모든 내용을 전수받아야 했는데, 현지 가이드는 한국에서 밥그릇 빼앗으러 온 우리를 차갑게만 대하며 자기 곁에 접근하는 것조차 쉽게 허락하지 않았다.

그렇게 어중간한 견습을 마치고 다시 기숙사로 돌아와서는 미키와 함께 인도 정착에 필요한 준비를 하기 시작했다.

우리는 최소 3년간 인도에 있을 생각으로, 밥 지을 냄비와 기타 식기류를 갖추고, 일교차가 큰 날씨를 버티기 위해 방한용품까지 구비해뒀다.

그런데 우리에겐 정착을 방해하는 요소가 하나 있었으니, 바로 기숙사에서 함께 지내던 견습 가이드였다. 그는 처음 봤을 때부터 나보다 2주 먼저 인도에 온 걸 가지고 거드름을 피웠고, 내가 자기보다 5살 어린 걸 알고 수직 관계를 만들고 싶어 했다. 하지만 미키보단 4살이 어리다 보니 나를 대놓고 아래에 두지 못해 굉장히 까칠하게 굴었다. 내가 집에 없을 때마다 미키에게 사사

건건 시비를 걸었고, 화장실에서 볼일을 보고 내용물을 그대로 놔둘 때도 허다했으며, 빈번히 나의 용모를 지적하기도 했다.

윗사람 속 뒤집기로는 타의 추종을 불허하는 나는 그에게도 나와 같은 기분을 느끼게 해주기 위해 그의 행동을 똑같이 따라 했다. 그러자 처음엔 나에게 "죽고 싶어요?"라며 아니꼽게 굴던 그는 나중엔 나와 말도 거의 섞지 않았으며, 날이 갈수록 미키만 못살게 굴어 우리는 둘만의 평화를 찾아 기숙사를 떠나야 했다.

본격적으로 시작하게 된 가이드 일은 정신적으로도 육체적으로도 상당히 힘들었다. 인도는 주州마다 법이 달라서 가이드 혼자 손님을 인솔하는 것이 불

새 보금자리는 미키가 찾아낸 숙소로, 80년대에 건물에서 떨어진 숙소 간판이 건물 베란다에 방치되어 있었고, 입구는 성인 한 명이 겨우 지나갈 수 있는 폭에, 통금 시간까지 있었다. 이곳의 압권은, 내가 쓰던 베갯속이 쓰레기를 가득 채워 담은 봉투였다는 점과 화장실에서 볼일을 보고 있으면 출처를 알 수 없는 국물들이 머리 위로 떨어졌다는 점이다. 살다 보니 이런 곳도 정든다고, 우리는 이곳에서 세 달을 넘게 지냈다.

가능하다. 따라서 법에 저촉되지 않으려면 각지마다 가이드증이 있는 현지 가이드를 대동해서 다녀야 했는데, 그들은 정해진 보수 외에 팁을 주지 않으면 상당히 비협조적으로 굴었다. 손님들이 돈이 될 것 같지 않으면 일을 마치기도 전에 도망가는 현지 가이드도 있었고, 팁을 주지 않았다는 이유로 거래처 지프 운전사들이 주위를 둘러싸며 돈을 내놓으라고 협박을 하기도 했다.

이러한 환경 속에서 무엇보다 나를 힘들게 한 것은 바로 한국에서 들었던 것과는 다른 노동 조건이었다. 짧게는 일주일에서 길게는 보름 기간의 투어를 나가게 되면 가이드는 손님의 아주 자잘한 부분까지 챙겨야 했기 때문에, 투어 중엔 하루 3~5시간, 적을 땐 한 시간밖에 못 잤다.

그 상태에서 '손님에게는 최고급 호텔, 가이드에게는 3성급 호텔'이 제공된다는 말과 달리 아무런 숙박 시설도 제공되지 않아, 자정이 넘어서야 고달픈 몸을 이끌고 숙소를 찾아 헤매야 했다. 임금 역시 받기로 한 액수보다 적어 팁으로 받는 푼돈을 제하면 시급이 3,000원도 채 되지 않았다. 물론 기본급도 없이 말이다.

결국 일을 시작한 지 3개월 만에 가이드 한 명이 그만두고 한국으로 돌아갔고, 나 역시 그만두고 싶은 충동이 일어났다. 하지만 한국으로 돌아가봤자 내가 어떤 신세인지 잘 알고 있었기 때문에 공항 화장실 비데로 머리를 감는 말도 안 되는 짓을 해가면서까지 일을 계속할 수밖에 없었다.

당시 내 상황은 이러지도 저러지도 못하는 그야말로 갠지스 강 오리 알 신세였다.

서인도 쿠리(Khuri) 사막.
가이드를 대하는 손님들 중 절반 이상은 가이드에게 등골 빼 먹힐까 봐 쉽게
마음을 열지 않았다. 그런 손님들과 자는 시간 빼고 일주일을 함께 있는 것
은 말 그대로 적과의 동침, 용쟁호투로, 투어가 끝나고 나면 가슴속엔 한 뭉
텅이의 비수만이 남아 있었다.

가이드인 나를 '일행'으로 만들어버린 원정 출사팀.
15일 동안 버스에서 같이 수다 떨고, 길 위에서 밥해 먹고, 매일 밤 건배를
나누며 사진 얘기로 밤을 지새우던 정이 들어 지금도 계속 연락하며 지내는
자칭 '부적절한 관계'. 인도에 온 손님들 중 유일하게 살이 쩌서 돌아간 전무후
무 케이스로 한동안 이 팀이 구사하는 개그에 전염되어 상태가 좋지 않았다.

델리 중심가 코노트 플레이스
(Connaught Place)

"이보슈, 가이드 총각!"
"저 총각 아니에요."
"총각 아녀? 아주 젊어 비는
디……. 그럼 색시도 여 와
있는감?"
"그럼요, 결혼했는데 당연히
같이 와 있죠."
"아이고, 이런 데서 우째 산디
야, 쯧쯧쯧……."
"나름 괜찮습니다."
"시상에, 괜찮아도 그렇지
사람이 요로코롬 우째 살
어……. 거 안 되것네. 색시
함 불러봐, 우리가 밥 한 끼
사줄랑께!"

이렇게 미키는 능력 있는 남
편을 둔 덕분에 세 차례나
손님 밥을 얻어먹었다.

쌍디(궁디·조디)의
절규

나는 어려서부터 변비가 심해 걸핏하면 피똥을 쌌다.

그런 나에게 화장실이란?

비우러 가는 곳이 아닌, 비명 지르러 가는 곳.

물론 병원에도 가봤지만, 선천적으로 작다는 나의 항문은 실크만큼 부드러운 똥을 싸지 않고서야 매일 크고 작은 부상이 끊이질 않는다.

그런 결함을 안고 인도까지 와 감행한 중노동은 좌 엉덩이, 우 엉덩이가 맞닿을 때마다 똥꼬에 격한 통증을 불러왔다. 힘주어 시원한 방귀 한 번 뀔 수 없었고, 가만있어도 피가 흐를 때도 있어, 평소 잘 입지 않는 팬티를 입어야 하는 심각한 상황에까지 이르렀다.

그럼 내가 그렇게 아파할 때, 내 옆엔 누가 있었는가?

아무도 없었다…….

미키는 요가를 배우러 리시케시Rishikesh: 인도 북부에 자리 잡은 힌두교 성지이자 요가 수련 장소로 60년대 말에는 비틀스가 다녀간 것으로도 유명하다에 가 있었고, 친분이 있던 가이드는 한국으로 가버리고 없었다. 그나마 일이 비수기라 바깥에 나갈 일 없이 요양

서인도 쿠리의 2인당 1만 원짜리 1박 2일 낙타 사파리 코스.
둘 다 배 속 컨디션 저조로 낙타 등에서 연신 방귀를 뀌며 사막으로 이동한
이때부터 치질 증상이 예사롭지 않았다.

에만 전념할 수 있었지만, 똥꼬는 나의 정성 어린 간병에도 호전의 기미를 보이질 않았다.

그렇게 힘든 시간을 보내면서도 나는 델리의 유일한 안식처인 티베트 난민촌을 꾸준히 왕래하며 끼니를 해결했다.

그러던 중 하루는 거기에서 먹은 음식으로 호된 설사병에 걸리면서 엄지손가락만 한 미더덕 같은 것이 똥꼬 밖으로 튀어나왔고, 밤새 똥꼬를 숟가락으로 파내는 듯한 통증과 설사에 시달리느라 미키가 돌아오기 3일 전부터는 그 어떤 음식물도 섭취할 수 없었다.

리시케시에서 미키가 돌아온 날 아침, 나는 문을 열고 들어오는 미키를 반갑게 맞아줄 수 없을 정도로 지쳐 있었다.

똥꼬 때문에 고생하는 것도 지쳤고, 인도에서 부당한 수당을 받아가며 일하는 것도 지친 데다, 무엇보다 지금 내가 인도에 있는 것 자체가 너무 싫고 짜증이 났다.

그래서 지금 막 돌아온 미키 얼굴 앞에 똥꼬를 까 보이며 당장 인도를 탈출하자고 말했다. 미키는 내 똥꼬 주변으로 피딱지가 앉아 당장에라도 줍을 뿜으며 터질 것 같은 미더덕을 보고는 사태의 심각성을 깨달았는지, 다급한 말투로 얼른 인도에 있는 병원부터 가보자고 말했다.

인도에 있는 병원.

안 그래도 예민해진 신경에 미키의 입에서 '인도'라는 단어가 나오자 갑자기 인도가 내 인생을 붙잡는 듯한 오싹한 기분이 들어 나는 고함을 지르고 말았다.

"병원이고 나발이고 다 필요 없으니 지금 당장 인도를 떠나자고!!! 지금!!!"

지금…….

사실 지금이라고 말은 내뱉었지만, 지팡이 없이는 걷기도 힘든 몸 상태로 어디를 가야 할지 딱히 떠오르질 않았다.

한국에 돌아간다 해도 이전과 마찬가지로 거주지가 마땅치 않고, 그렇다고 일본으로 가기엔 빚을 내서 병원에 가야 하는 신세…….

가뜩이나 아픈 상황에 이러한 현실들은 나를 더 짜증 나고 스스로를 원망스럽게 만들었다.

그때 나의 고함에 놀란 미키가 눈물 맺힌 눈으로 나를 보며 말했다.

"그렇게 인도를 벗어나고 싶으면 차라리 가까운 태국으로 가자. 거기에서 병원 가보자!"

"응? 태국……?"

나는 잠시 고개를 갸웃거리며 생각해보았다.

'그러고 보니 태국이라면 병원비도 부담스럽지 않을 테고, 싼 숙소야 널렸으니 거주지 걱정도 없고, 또 태국은 미키의 손바닥 안 아니던가!'

나는 미키가 말을 바꾸기 전에 얼른 일하던 여행사에 전화를 걸어 사정 설명과 함께 일을 그만두고, 그 비싸다는 당일 표를 표값도 안 보고 결제했다.

지금부터 비행기를 타기 전까진 정확히 반나절밖에 여유가 없는 상황.

미키는 거동이 불편한 나를 대신해 서둘러 짐을 싸기 시작했지만, 3년을 인도에서 지낼 목적으로 살림을 갖춘 우리의 짐은 반나절 만에 해결되지 않을 정도로 많았다. 어쩔 수 없이 짐의 일부는 숙소에 퍼다 주고, 나머지는 거금 들

앞가방에, 옆가방에, 뒷가방에, 캐리어까지…….
급조해서 산 캐리어는 얼마 지나지 않아 지지대가 박살 났다.

공항에서 이용한 휠체어 서비스.
휠체어에 타고 있었더니 입국 심사
가 아무런 대기 시간 없이 초간편하
게 끝났다. 사실 지팡이만 있다면 아
예 걸을 수 없는 정도는 아니었다.
단지 휠체어 서비스가 궁금하기도
했고, 무엇보다 신청이 공짜였기 때
문에 한번 타보기로 한 것이다.
이때의 경험이 전부 나빴다고는 생
각하지 않는다. 많은 좋은 사람과,
많은 견공 자식들을 만날 수 있었던
값진 경험이었다.

인도를 떠나면서 나는 다짐했다.
'내 두 번 다시 인도에 오지 않으리!'
그러고는 1년도 채 지나지 않아 인도에서 카레 먹고 있는 사진.

여 일본에 보내는 것으로 떠날 준비를 마친 후, 몸 상태가 상태인 만큼 택시를 타고 공항으로 이동했다.

이때 이 모든 걸 혼자 처리해야 했던 미키는 이날의 일로 아직도 나에게 앙심을 품고 있다.

인도 아우랑가바드(Aurangabad)에서.
미키는 아이들 못지않은 인파를 몰고 다녔다.

세계문화유산 엘로라에서.

철없는 남편의
자작극?

오래전, 항문외과 진찰대에 누워 간호사 앞에서 엉덩이를 필요 이상으로 깠다가, 바지 위치를 조정당한 일이 있었다. 태국 병원에선 그날의 민망했던 기억을 되살려 바지를 적당한 위치까지만 내리고, 얼굴은 벽을, 엉덩이는 의사를 향한 채 진찰대에 몸을 뉘었다.

미키와 간호사와 의사가 지켜보는 가운데 의료용 스탠드가 내 똥꼬를 비추기 시작했다. 차가운 액체와 부드러운 솜뭉치가 내 똥꼬를 왔다 갔다 하는 사이, 나는 오늘에야말로 이 악연을 끊어내고 말겠다는 비장한 각오로 머리부터 발끝까지 전해지는 통증과 수치심을 아무런 신음 소리 없이 잘 참아냈다.

잠시 후 스탠드가 꺼지고 면담실에서 다시 만난 의사가 내 증세를 '치질'이라고 알려주었다. 그러면서 오늘부터 약물 복용과 좌욕을 병행하고, 배변 습관만 고치면 자연 치유된다는 말과 함께 '수술 불필요' 진단을 내렸다.

나는 지팡이 없이는 걷기도 힘든 상태에 '수술 불필요'라 말하는 의사의 진단을 납득할 수가 없어 "수술해줘요! 더 이상 똥꼬 때문에 고생하고 싶지 않아요!"라고 엉터리 태국어와 영어를 섞어가며 말했다. 하지만 돌아오는 대답은 여전히 같은 말로, 진단은 번복되지 않았다.

병원 문을 나오면서 미키는 수술까지 이어지지 않아 돈이 굳었다며 안도의 한숨을 내쉬더니, 곧바로 눈빛을 바꿔 나 때문에 겪은 고생을 하나하나 따지기 시작했다. 그것도 화를 내가면서.

사실 태국에 도착했을 때 인도를 탈출했다는 희열 때문인지, 똥꼬의 통증이 급 완화되는 걸 느꼈다. 하지만 오만 엄살 다 피워가며 여기까지 온 나로선 미키의 고생이 헛되이 되는 걸 원치 않았기 때문에 이러한 변화를 기쁘게만 받아들일 수는 없었다. 그러나 내 사정이 어찌 되었든 결론은 '수술 불필요'로 진단 내려졌고, 미키는 나의 치질 소동을 〈철없는 남편의 자작극〉으로 단정 지어버렸다.

237

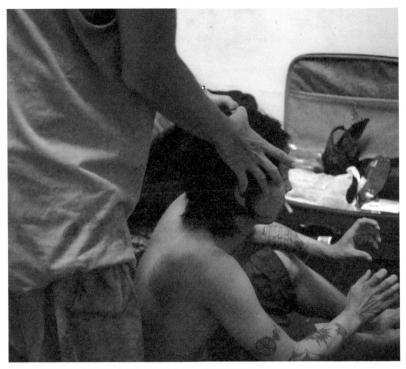

마침 방콕에 있던 마데와 교에게 치질에 잘 듣는 지압을 받으며 좌욕 중.

　똥꼬는 태국에서의 스트레스 없는 일상과 의약의 힘, 그리고 나처럼 치질이 기본 옵션으로 장착된 교의 집중 뜸 치료 덕분에 금세 호전되었다.

　두 발로 자유롭게 걸을 수 없던 나는 일주일 만에 지팡이를 손에서 놓았고, 화장실에 갈 때도 전과 같은 두려움이 없어졌다. 모든 일상이 점점 정상궤도로 돌아오기 시작하자 미키와 내게 동시에 드는 생각은 '이제 뭐 하지?'였다.

　그때 마데와 교가 우리의 귀를 쫑긋하게 만드는 정보를 알려주었다. 방콕

방콕에서 기차를 기다리고 있는 불교 신자.

을 한참 벗어난 지역에 있는 불교 공동체 마을에서 하루 4시간만 마을 일을 거들면 무료로 숙식이 가능하다는 정보였다. 단, 아주 철저히 지켜야 하는 조건이 있었으니, 바로 '술·담배를 하지 않을 것!'

그렇다면 우리에겐 제격이었다.

우리는 비범한(?) 겉모습과는 다르게 콧구멍에서 연기 나는 잎사귀엔 일절 관심이 없고, 술 역시 체질적으로 맞지 않아 둘이선 술을 마셔본 적이 단 한 번도 없다.

게다가 나는 무종교인이고, 미키는 습자지보다 얇은 신앙심을 가지고 불교 신자라고 떠들고 다녔기 때문에, 우린 이참에 불교의 가르침도 배워볼 겸해서 예정에도 없던 새로운 여정을 떠나기로 결심했다.

원래라면 인도에 있어야 할 운명.

그 운명을 거스르고 시작된 새로운 여정은 보통 때와 달리 걱정이 많이 앞섰다.

끼리끼리
썩은 바나나

버스와 기차를 세 번이나 갈아탄 끝에 도착한 불교 공동체 마을 '아속Asok'.
마을과 그 주변의 녹음은 방콕의 탁한 공기와 비교해 그 신선함의 차원이
달랐다. 우린 마을 관계자에게 앞으로 지내게 될 집을 배정받고, 강당에서 간
단한 자기소개와 오리엔테이션을 마친 후, 마을 답사에 들어갔다.

마을에서 제일 먼저 눈에 띈 것은 마을 사람들의 복장으로, 남녀노소가 파
란색 면옷에 짧은 머리를 하고 있었다. '인간이 외모에서 가지게 되는 편견으

01 우리가 배정받은 집. 둘이서 쓰기엔 과분하리만큼 넓었다.
02 마을을 둘러보면 둘러볼수록 이곳은 단지 소풍 온 기분으로 있어서는 안 될 곳이라는 생각이 들었다.

로부터 모두가 평등해지기 위해'서라는 이유 때문이었다.

자급자족 구조로 운영되는 마을은 논, 밭, 버섯 농장, 약초 공장, 유기농 샴푸 공장, 진료소, 슈퍼 등 외지의 힘을 빌리지 않아도 살아가는 데 필요한 모든 것이 갖춰져 있었다.

불교 공동체답게 사원과 불상, 명상 중인 승려들도 있었는데, 여기서도 눈에 띄는 것이 바로 승려들의 어두운 승복 색깔이었다. 이곳 승려들은 '태국에 존재하는 수많은 타락한 중들과 변질된 불교를 바로잡고, 본래 불교의 모습을 포교'하기 위해 태국에서 흔히 볼 수 있는 형광색 승복을 입고 있지 않았다.

도착 다음 날부터 시작한 유기농 샴푸 공장일. 우리가 한 일은 알로에 껍질을 까거나, 아침에 피어난 꽃잎을 따서 말리는 정도로, 일이라고 하기엔 민망할 정도로 간단했다.

식사는 하루 두 번 사람들이 모두 강당에 모여 함께 먹었다.

불교의 가르침 중 하나인 '불살생'을 바탕으로 만들어지는 100% 채식 식단은 살면서 변비의 지배를 벗어난 적 없던 나에게 연일 쾌변을 보게 하는 기적을 가져다주었다. 미키 역시 매일 바나나(미키는 황금 변을 바나나로 표현한다)가 나왔다면서 내가 묻지 않아도 자기 바나나 모양을 상세히 설명해주었

일하는 중간중간 새참으로 바나나가 나오면 미키는 바나나를 자기가 싼 똥과
비교해가며 먹어댔다. 대단한 비위다.

다. 우리보다 먼저 다녀갔던 교는 이곳에서 똥을 싸고 난 뒤, 자기 똥이 너무나 아름다워 순간 만질 뻔했다고 한다.

마을 내 진료소에서는 월말마다 공동체 마을 사람들과 인근 거주민을 대상으로 디톡스가 행해지고 있었다. 마침 우리가 마을에 도착한 지 얼마 지나지 않아 디톡스 참가자를 모집하고 있었고, 미키와 나는 앞으로 우리에게 어떠한 일이 벌어질지도 모른 채 단순한 호기심만으로 디톡스에 참가했다.

진료소에 도착하자 제일 먼저 혈압 체크와 함께 알아들을 수 없는 설명을 하더니, 서른 명 남짓한 참가자들에게 고무관이 달린 의문의 1.5리터 페트병이 지급되었다. 그리고 지금부터 4일간 단식이라는 엄명이 내려졌다.

'4일간 단식!!?'

안 그래도 우리 둘 다 삐쩍 곯아 매 끼니를 꼬박 먹어도 모자랄 판에 4일간 단식이라니……. 시작과 동시에 살 한 근이 떨어져 나가는 듯했다.

디톡스의 일과는 취침 시간 외엔 진료소에 있으면서 정기적으로 괴상한 맛의 약초를 마시는 것이었다. 이 약초의 맛으로 말하자면 미키가 이걸 마시고 나에게 입을 벌리는 순간, 뚫어뻥으로 틀어막고 싶을 만큼 열받는 맛이었다. 굳이 비유하자면 '말린 메주를 삭힌 홍어와 함께 갈아서 개소주와 쌍화탕에 1:1로 섞은 뒤 무좀 걸린 발가락으로 휘저은 맛'이 비유 적절하시겠다.

디톡스에서 가장 중요한 것은 배설로, 하루에 세 번에서 다섯 번, 1.5리터 페트병에 달린 고무관을 똥꼬 깊숙이 넣은 다음, 알칼리 물과 커피를 혼합한 액체 1리터를 장 안으로 집어넣는 일이었다.

알몸으로 엎드려 셀프 삽입한 고무관을 통해 액체가 장내로 들어가기 시

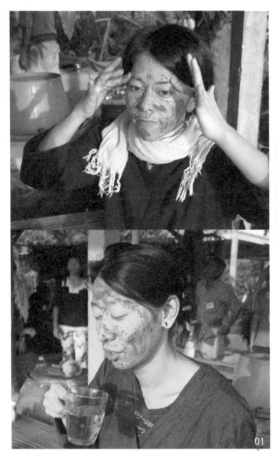

01 4일 동안 매일 아침 공복에 2리
터의 차를 마시며, 얼굴에 약초를 바
르는 것도 하루의 일과.
02 약초를 마시는 사람들의 표정.

작하면 그 즉시 똥이 터져버릴 것 같은 느낌이 쓰나미처럼 밀려온다. 그 느낌은 정말 짜릿하다 못해 얼굴은 인위적으로는 도저히 지을 수 없는 표정으로 변해버리고, 몸은 갯지렁이처럼 꿈틀대기 시작한다.

원래 정석대로라면 액체를 전부 집어넣고 잠시 뜸을 들인 후 배변을 봐야 한다. 그러나 미키는 단 한 번도 액체를 끝까지 집어넣지 못하고 (똥을) 터뜨리고 말았고, 나는 쌀미(米) 자가 돼버린 입으로 웨이브를 추다가 터뜨려버렸다.

오른쪽 돌침대에 알몸으로 누워 셀프 삽입한 다음, 왼쪽의 변기에 앉아 배변하는 시스템. 진료소 화장실은 인간의 몸에서 나오는 소리라고는 상상하기 힘든 특수 효과음들로 끊이질 않았다.

디톡스 4일째 되는 날 새벽,

참가자 전원이 한자리에 모여 1인당 올리브 오일 700밀리리터씩을 원샷해야 했다.

종이컵 한 잔도 아니고 700밀리리터나 되는 양의 오일을 원샷하는 것은 오일이 입으로 들어간 순간부터 두 모금 간격으로 구토를 유발했고, 다 마시고 난 뒤에는 그 느끼함 때문에 三꺼풀이 생기는 것만 같았다.

올리브 오일을 마시고 난 뒤에는 각자의 이름이 적힌 엉덩이 크기만 한 반투명 플라스틱 양동이가 지급되었다. 지금부터 8시간 내에 싸는 똥은 전부 양동이에 담으라는 의미였다.

우리는 양동이를 들고 집으로 돌아가는 길에 먹은 것도 없는데 똥이 나올까 싶었다. 그런데 이게 웬걸…… 올리브 오일이 식도를 코팅한 지 얼마 지나지 않아 배 속에 대재앙을 예견하는 신호가 왔고, 우린 곧바로 양동이를 채워 담기 시작했다.

미키가 올리브 오일을 다 마실 수 있도록 박수를 쳐주는 아저씨.
미키는 이 과정을 가장 힘들어 했다.

디톡스 최후의 날 아침,

참가자들이 하나둘씩 자기 이름이 적힌 묵직한 양동이를 들고 진료소에 나타났다. 벤치 위에 정갈히 놓인 양동이들은 반투명이다 보니 프라이버시가 전혀 보장되지 않은 채 누가 얼마만큼의 똥을 쌌는지 일목요연하게 알 수 있었다. 8시간 동안 싼 똥이라고는 믿을 수 없을 만큼 어마어마한 양이 담긴 양동이와 95% 이상이 수분으로만 된 양동이도 있었다.

참가자들은 의사에게 이름이 호명되면 자기 양동이 앞에 서서 손수 뚜껑을 열고 똥 진단을 받아야 했다. 의사가 대나무 작대기로 똥을 휘저으며 건더기를 몇 개 떠워 올리면 보조는 그 기록을 받아 적고 배설물과 배설자의 사진을 번갈아 찍었다.

똥을 쌀 때는 양동이가 부서지지 않도록 기마 자세를 해야 했다. 그것보다
더 고역인 것은 이미 싸놓은 똥 위에 또 똥을 싸야 했던 것으로, 똥을 쌀 때
마다 같이 섞여 나오는 액체들 때문에 엉덩이가 마를 새가 없었다.

우리의 양동이 뚜껑이 열릴 차례가 되자 참가자들이 우리 똥을 구경하기 위해 몰려들었다. 아마 외국인의 똥이라서 많이들 궁금했나 보다.

사람들의 인기 속에 나름 아이돌이 된 기분으로 우쭐대며 내가 먼저 뚜껑을 열자 곧바로 목소리 끝이 내려가는 탄식이 쏟아졌다. 내 똥은 다른 사람들에 비해 확연히 거무스름한 색을 띠고 있었던 것이다. 의사는 내 똥을 뒤적이며 건더기들을 필요 이상으로 띄워 보이더니 이게 전부 인스턴트와 몸속에서 썩은 고기들이라며, 앞으로 야채 위주의 식습관을 기를 것을 권장했다. 이미 채식을 한 지 8개월이나 지난 시점에서 아직도 몸속에 고기가 남아 있었다는 얘기는 조금 충격적이었다.

이제 디톡스의 대미를 장식할 마지막 양동이. 개봉을 앞두고 태국어로 '미키'라고 적혀 있는 여인의 양동이에 나 때보다 더 많은 구경꾼들이 몰렸다.

아이부터 노인까지 모두의 지대한 관심 속에 부끄러워 어쩔 줄 몰라 하던 미키가 뚜껑을 연 바로 그 순간!

내가 받았던 것보다 더 큰 탄식과 야유가 여기저기에서 쏟아져 나오면서, 자리에 없던 사람들까지 그 소리를 듣고 달려와 미키의 똥을 구경하기 시작했다.

의사는 미키의 똥을 뒤적거리며 "흐엑~!"이라는 흉측한 소리와 함께 미키를 인간이 아닌 다른 생명체 보듯 쳐다봤고, 나 역시 이 여인이 내 일행이라는 것이 창피할 정도였다. 그만큼 미키의 똥은 진상 중의 진상이었다.

불교 공동체 마을에서 2주간 구름 위를 걷는 듯한 행복한 시간을 보내고, 미키의 비자 만료일 일본인의 태국 관광 비자는 공항 입국 시 1개월. 육로 입국 시 15일. 한국인은 입국 방

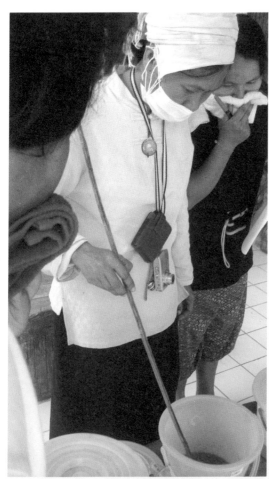

법과 상관없이 3개월에 맞추어 우리는 태국을 떠나야 했다.

마을을 떠나던 날, 마을 원장에게 그동안 신세졌던 고마운 마음을 담아 소정의 기부금을 전달했으나, 원장은 돈 대신 다음에 아이들이 쓸 학용품이나 가져다 달라며 기부금을 정중히 거절했다.

세상에 이렇게 착한 사람들도 있는가 싶어 둘 다 격하게 감동받은 나머지, 우린 한동안 이곳의 향수에서 헤어 나올 수 없었다.

자기 똥 앞에서 사진 찍히고 있는 똥 챔피언.

4일간 함께한 참가자들. 참가자들
의 똥과 얼굴 사진은 매달 책으로 만
들어져 진료소에서 열람할 수 있다.
우리 전월 호에 실려 있던 독일 여인
은, 얼굴은 미녀였지만, 똥은 미키와
마찬가지로 그달의 챔피언이었다.

미키를 유난히 예뻐하던 완붕 아짠
(선생님). "다음에 또 디톡스 하러
갈게요!"

국제 사돈은
사돈의 팔촌보다
먼 사이

비자 갱신을 위해 일시 입국한 라오스에서 휴대폰 두 대가 충전 중 터지는 황당한 일을 겪고, 다시 돌아온 태국에선 물 축제 송끄란매년 4월 13일부터 15일까지 태국에서 열리는 축제로 태국력(曆)의 정월 초하루인 송끄란(4월 13일)을 기념한다. 축복을 기원하는 뜻으로 서로에게 물을 뿌리는 놀이가 유명해 '물의 축제'라고도 불린다과 함께 결혼 2주년을 맞이했다. 그리고 이번 여정에서 말레이시아를 끝으로 나는 또다시 한국 친구 집에, 미키는 일본 본가에 돌아가면서 결혼 후 처음으로 무기한 별거에 들어갔다.

잠깐, 여기서 우리가 말하는 '별거'의 개념은 사전적 의미의 '별거'가 아니다. 우리가 말하는 별거는 멍 때리기 좋아하는 사람들끼리 서로 합의하에 각자 멍 좀 때리겠다는 의미로 우리 둘 사이엔 그 어떤 갈등도 설득도 없었다.

바다를 끼고 나는 서쪽, 미키는 동쪽에서 각자의 시간을 보내는 사이, 나는 문득 결혼 후 2년이 지나도록 서로 목소리 한 번 들어본 적 없는 양가 부모를 이참에 만나게 해보는 것이 어떨까 하는 생각이 들었다. 이번이 아니면 졸지에 사돈 관계가 돼버린 이 두 집안이 언제 만날 수 있을까 싶어서였다.

255

다시 들른 태국 도이매살롱(Doi Mae Salong)에서.

나는 미키에게 바로 내 뜻을 전하고, 속전속결로 양가 만남을 주선했다. 대가족인 미키네 대신, 아빠와 내가 단둘이 일본에 가는 것으로 일정을 짜 맞추고, 부자간에 처음으로 함께 국제편에 몸을 실었다.

일본으로 향하는 비행기 안에서 내가 아빠 귀에 딱지가 앉도록 당부한 것이 있었으니, 바로 나에게 시비를 거는 미키네 오빠나, 고지식하기론 아빠보다 더한 장모가 행여 실례되는 말을 하는 일이 있더라도 절대로 '욱!' 하지 말라는 것이었다.

양쪽 집안 모두 봐온 나로선 두 집안 어른들이 첫 만남에 큰소리를 내고도 남을 만했기 때문에 통역이라는 완충 장치가 있었음에도, 나는 이 부분이 심히 걱정스러웠다.

이세신궁에서.

주선자인 나는 노팬티에 슬리퍼 차림으로 일본에 갔다. 내가 이렇게까지 격 없이 갔던 이유는 미키네 집 가장격인 형님이 추리닝 차림으로 나올 것이 뻔했기 때문이다. 그리고 그 예상은 적중했다.

일본 미에현에 도착하자 디톡스 때보다 살이 좀 붙은 미키가 항구까지 마중 나와 있었다. 아빠와 미키는 작년 추석 때 미키의 "커피 마셔" 사건 이후 처음 만나는 것이었다. 미키는 여전히 애교 섞인 반말을 했다.

우린 우선 '일본' 하면 떠오르는 음식 중 하나인 라멘을 먹고, 미에현에서 그나마 번화한 마쓰사카松阪를 둘러본 다음, 너무 늦지 않게 처가댁으로 갔다.

그런데 처가댁 사람들은 히로미짱 외에는 누구 하나 먼 길 온 우리를 환영해주지 않았고, 내가 이 집을 처음 방문했을 때 그랬던 것처럼 아빠도 투명인

첫날은 미키가 자비를 털어 바다가 보이는 경치에 온천이 딸린 호텔을 잡아 미키와 나, 아빠 이렇게 셋이서 1박을 했다. 방귀를 잘 못 참는 미키는 아빠 앞에서 방귀가 나올 때마다 나한테 "야!!"라고 성을 내며 내가 뀐 걸로 덮어 씌웠다.

간 취급했다. 게다가 손님을 맞는 집이라고 하기엔 너무나 무례할 정도로 집 안이 어질러져 있었고, 화장실은 또 어찌나 담배 냄새에 찌들어 있던지 머리가 다 아플 지경이었다(미키는 청소하려고 했지만, 장모가 사돈이 오는 걸 가지고 왜 청소를 하냐며 못 하게 했다고 한다). 내 아무리 이 집안이 다른 집안에 비해 독특하고, 한국 문화와 일본 문화가 안드로메다급으로 다른 것은 이해한다지만, 무례한 이들의 태도에는 기분이 참 별로였다.

일본에 온 이튿날 저녁, 그러니깐 일정으로 치면 우리가 떠나기 전날이 돼서야 두 식구 전원이 한자리에 모일 기회가 생겼다.

양쪽 집안은 모두 살가운 성격이 아닌 탓에 초면에 진짜 인사만 하러 만난 사람들처럼 밥만 먹었다. 침묵이 이어지는 가운데, 대화라곤 미키네 새아빠가 대한민국 유신정권 시절 얘기를 아빠에게 물어본 것과, 양가 어른들 모두 우리가 빨리 애 낳고 정착했으면 좋겠다는 얘기뿐으로 나와 미키가 우려했던 큰소리는 오가지 않았다.

이렇게 평생 다시 만날 일이 있을까 싶은 사돈 간의 만남은 너무나 짧게 끝나고 말았다. 조금도 화기애애하지 않던 분위기는 내심 허무하게까지 느껴졌다. 그래도 목적은 달성했으니 이 정도면 됐다는 말로 허무함을 달래기로 했다.

다음 날 오전, 아빠와 나는 아직 한국에 올 의사가 없는 미키를 일본에 두고 한국행 비행기에 올랐다. 그런데 비행기 안에서 아빠가 생각지도 못한 타이밍에 격노하며 내 삶의 방식에 트집을 잡더니 비행기가 착륙할 때까지 설교를 멈추지 않았다. 나는 내 나름대로의 뜻을 전하려 했지만, 부자지간을 떠나 세대 차이에서 오는 가치관의 대립으로 서로 대화가 통하지 않았다. 결국 나는 답답

한 마음을 이기지 못한 채 한국에 도착한 그 길로 아빠와 등 돌려 헤어졌다.

사실 아빠와는 티격태격하고 헤어졌지만, 나는 이번 일정 동안 아빠와 함께할 수 있었던 점이 무엇보다 기억에 남고 고마웠다. 집안 사정으로 인해 서로 떨어져 지낸 세월이 더 길었던 아빠와 2박 3일이나 같이 있을 수 있었으니 말이다. 내 기억이 맞다면 십이지가 두 바퀴 돈 이후로 처음 있는 일이었다.

그리고 이날 이후 아빠는 왠지 모르게 미키를 '며느리'가 아닌 '딸'이라고 부르기 시작했다.

…….

미키가 딸처럼 반말을 해서 그런가……?

아빠와 아들과 딸.

역세권에서
"저 망할게요~"

나는 어떤 유부남으로 살아야 할까······.

그저 모든 걸 빨리 이루기 위해 앞만 보며 달리는 유부남?

아니면 부족한 것이 천천히 채워지더라도 지금처럼 자유롭게 사는 유부남?

미키와 별거 중 틈만 나면 남산 팔각정에 앉아 고민하던 문제다.

사실 이러한 고민을 할 수 있는 것 자체만으로도 나는 행복에 겨운 놈이라는 생각이 들었다. 대부분의 유부남들이 잴 것도 없이 전자를 선택할 때, 나는 나를 하나의 인격체로 인정해주는 아내를 만난 덕분에 이러한 문제를 저울질할 수 있으니 말이다.

그럼 바로 후자를 선택하면 될 것을 뭐하러 굳이 다리에 알까지 배겨가며 남산을 오르는 것일까?

그건 내가 아무리 가진 것도 잃을 것도 없다 하더라도, 미래에 대한 최소한의 위기의식이라는 것은 가지고 있기 때문이다. 그래서 나는 계속해서 남산을 올랐다.

여느 때와 다름없이 남산을 오르던 중, 하루는 1평 남짓한 자그마한 점포에 '임대'라고 적혀 있는 것을 보았다. 평소라면 그냥 지나쳤을 것을 그날따라 무슨 바람이 들었는지 전화를 걸어보았다.

"보증금 200, 월세 15에 전기세, 수도세 포함입니다."

"네???"

"200에 15라니깐요!"

나는 아무리 싸다 해도 명동역을 끼고 있는 역세권에서 '200/15'가 말이 되나 싶어 다음 날 가게 주인이 있는 곳을 직접 찾아가 다시 한 번 물어보았다.

"200에 15 맞아요."

200에 15라…….

싸긴 정말 쌌지만, 한국에 돌아와 단기 알바를 전전하던 내 수중에 200만 원이라는 거금은 없었다.

거기에 권리금 200만 원이 추가로 불어난 상태.

나는 모처럼 이렇게 싸게 나온 매물을 금전 문제로 단념하기엔 너무나 아까운 생각이 들어, 미키와 상의도 없이 돈을 빌려 가게를 계약해버리고 말았다. 희망 사항이 현실을 앞서버린 아주 바람직하지 못한 경우였다.

졸지에 가게는 생겼지만, 아직 업종도 정하지 못한 상태에서 나는 일단 미키에게 여행 중 사두었던 옷가지나 장신구를 들고 한국에 들어올 것을 부탁했다.

그리하여 별거한 지 두 달 만에 재결합한 우리는 전에 신세졌던 친구 집에

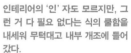

인테리어의 '인' 자도 모르지만, 그
런 거 다 필요 없다는 식의 쿨함을
내세워 무턱대고 내부 개조에 들어
갔다.

또다시 빈방을 빌려 짐을 풀어놓았다. 그러고는 곧장 미키를 데리고 가게로 가서 보란 듯이 자랑을 했다.

"짜잔~!"

"……휴."

점점점. 그리고 한숨. 이게 미키의 반응이었다.

기뻐할 거라고 믿었던 내 예상과 달리 미키는 매정한 반응을 보였고, 가게도 마음에 들어 하지 않았다. 그리고 내가 돈을 빌려 가게를 얻은 사실에 여태껏 전례가 없을 만큼 화를 내면서, 그 즉시 아끼고 아껴두던 엔화를 환전해 내가 빌린 돈 전액을 갚아주었다.

솔직히 나는 나 혼자만 생각해서 저지른 행동은 아니었지만, 미키의 바른 말엔 변명할 여지 없이 내가 경솔했다는 생각이 들었다.

하지만 물은 이미 엎질러진 상황.

우리는 이왕 가게를 하게 된 거 상호를 태국 불교 공동체 마을 이름이었던 '아속'을 따와 '남산아속'이라고 이름 짓고, 한국에는 그 수가 몇 안 되는 아시아 잡화 전문 취급점으로 영업을 개시했다.

가게는 물건이 신기해서 지나가다 들르는 사람은 많았지만, 매출은 월평균 40만 원 정도로 여기에 점포세, 차비, 식비를 제외하면 주머니에 남는 돈은 한 푼도 없었다. 그래서 가게는 주로 미키가 보고, 나는 일본인 대상 투어 가이드 일을 병행하면서 생활비를 마련했다.

매출은 나아지지 않았지만, 가이드 수입이 생각보다 괜찮았던 덕분에 가게는 즐기는 기분으로 할 수 있었다. 그러나 여기서도 인생이 뜻대로만 되면 그

남산아속.
혹자는 우리 가게를 보고 이렇게 말했다. 한국에서 이런 가게를 하는 것은 "저 망할게요~"라고 말하고 시작하는 것과 같다고.

보다 따분한 건 없다는 걸 하늘이 알려주듯이, 가게를 하던 중간에 친구 집에 도둑이 들어 우리가 아끼는 물건들을 통째로 도난당하는 일을 겪었다. 그리고 가게는 장마철부터 시작된 천장 누수와 바닥 침수로 인해 진열 상품의 일부가 못쓰게 돼버렸다. 거기에 내가 일을 나가 있는 동안 혼자 가게를 봐야 했던 미키는 손님들을 제대로 된 한국말로 맞이할 수 없는 자신의 언어력에 스트레스를 받고 있었다.

그러던 중 마침 가게를 인수하겠다는 사람이 나타났고, 우린 가게를 시작

한 지 6개월 만에 가게 열쇠를 넘기게 되었다.

비록 간판은 내렸지만 남산아속은 나에게 여러 부가가치를 창출해주었다. 이곳에서 남산의 정기를 받아 만든 음악으로 용돈을 벌어 미키에게 맛있는 걸 잔뜩 사줄 수 있었고, 또 여기서 만든 e-book 사진집을 통해 모 출판 사이트에 칼럼을 연재하는 기회를 얻기도 했다. 그리고 다음과 같은 중요한 교훈도 하나 얻었다.

'이다음에 가게를 할 때는, 미키는 한국말을 더 잘하는 상태에서, 나는 더욱 신중한 상태에서 시작할 것!'

가게 정리가 끝나고, 친구 집 생활도 정리하려던 시기에 우린 두 가지 선택의 기로에 서 있었다.

하나는 내가 가이드를 하며 모은 돈으로 한국에서 월세방을 구해 사는 길.

다른 하나는 태국에서 취득한 뉴질랜드 워킹홀리데이 비자를 가지고 뉴질랜드로 가는 길.

이 두 기로의 중심에 서 있던 나는 가급적이면 현명한 판단을 내리고 싶어서 미키와 매일같이 상의를 했고, 며칠 뒤 미키는 내 귀를 의심케 만드는 결론을 내렸다.

한국에 있을 거면 한국에 있고, 내가 뉴질랜드로 가면 자기는 인도로 가겠다는 결론이었다.

인도!?!?!?

"아니! 웬 뜬금없이 인도야!?"라고 물어보자 미키는 난데없이 요가가 하고 싶다며 지금이라도 당장 가고 싶다는 말을 했다.

그 말을 들은 나는 얼굴로는 황당한 표정을 지었지만, 속으로는 사실…….

나도 한국에 온 지 얼마 안 돼서부터 계속 인도에 가고 싶었다. 그것도 아주 심하게.

비록 고생도 엄청 하고 안 좋은 일도 많이 겪었지만 그것이 기억의 전부는 아니었고, 일로 갔던 탓에 시간 제약에 묶여 있던 아쉬움이 너무나 컸기 때문이다.

그리고 무엇보다 인도에서 12년에 한 번 열리는 세계 최대의 종교 축제 '2013쿰브 멜라'를 놓치고 싶지 않아서였다.

하지만 저번에 똥꼬를 부여잡고 인도를 탈출하면서, 두 번 다신 인도에 오지 않겠다고 호언장담한 나였기에 미키에게 농담으로라도 인도 얘기는 꺼내지 못하고 있었다. 그런데 미키 입에서 먼저 '인도'가 나왔다는 것은…….

이것은 가야 할 운명이었다.

144년 만에 돌아온
세계 최대의 종교 축제
마하 쿰브 멜라

쿰브 멜라.

인도 알라하바드Allahabad에서 12년에 한 번, 6주 동안 열리는 인류 최대의
종교 축제로 기네스북에도 등재되어 있는 힌두교 축제.

힌두교 경전에 따라 쿰브 멜라 기간 중, 점성술사가 지정한 성스러운 날에
인도의 젖줄인 갠지스 강과 자무나 강 그리고 신화 속에 등장하는 사라스바티
강이 만나는 이 세 지점 상감Sangam에서 목욕을 하면 과거의 죄를 씻어낼 수
있다고 한다. 그래서 축제 기간 중 수천만 명에 달하는 힌두교인들이 이곳 알
라하바드를 찾는다.

행사가 시작되기 몇 달 전부터 알라하바드로 걸어가는 사람들의 행렬.

병자, 노파, 아이 할 것 없이 알라하바드 상감으로 목욕 의식을 치르러 가
는 행렬이다.

손에는 저마다 빈 물통이 들려 있다. 수질 오염이 심각하다 못해 마실 물이
라고는 상상도 할 수 없는 상감의 물을 담아가기 위한 용도이다. 이들은 상감

물이 담긴 물통을 돈다발이 든 가방보다 더 애지중지 다루며, 몸이 아플 때, 또는 예배단을 정화할 때마다 사용한다.

6주간 계속되는 축제 기간 중, 힌두 달력으로 가장 성스러운 목욕 의식이 거행되는 날에는 새벽부터 수백만의 인파가 사두Sadhu: 모든 물질적, 세속적 소유를 단절하고 요가와 명상을 하며 고행하는 힌두교 수행자와 나가사두Naga Sadhu: 사두의 한 종류로서 나체 수행자를 이름의 입욕을 좇아 상감으로 뛰어든다.

이때 강기슭 언저리로 튀기는 환희의 물보라, 그리고 곳곳에서 터져 나오는 영광의 환호성은 그 모습을 화면으로 지켜보는 내 가슴까지 흥건히 적셨다.

1년 전, 쿰브 멜라 다큐멘터리를 보면서 느낀 감상이다.

나는 그저 하나의 흥미로운 소재거리로만 보고 지나칠 수도 있었을 다큐멘터리 영상을 보면서 은연중에 막연한 목표를 세웠다.

나: 30살, 42살, 54살, 66살 그리고 78살……
미키: 39살, 51살, 63살, 75살 그리고 87살……

인생에 적게는 서너 번, 많게는 대여섯 번, 혹은 그 이상의 기회 안에 이곳에 꼭 가보고 말리라고…….

그중에서도 특히 염원했던 시기는 따로 있었으니, 바로 나 30살, 미키 39살이 되는 2013년이었다. 왜 하필이면 이때였을까? 결혼 후 처음으로 방 얻을 돈도 마련했고, 12년 뒤엔 지금보다 더 유복하게 갈 수도 있었을 텐데 말이다.

나는 그 이유로 하나의 사실과 초자연 현상을 꼽을 수 있다.

다시 찾아간 인도. 미키는 쿰브 멜라를 찾아가기 전부터 고생이 뻔할 거라고 생각했기 때문에, 인도에 가더라도 쿰브 멜라만큼은 가지 않으려 했다. 그러나 나의 살인 애교를 동원한 끈질긴 설득 끝에 미키는 마음을 돌려먹었고, 이번 여정이 끝날 때까지 계속 내 옆을 지켜주었다. 우린 이렇게 종종 남편과 아내의 자리가 뒤바뀌곤 한다.

먼저 사실이라 함은 2013년 쿰브 멜라가 힌두 달력으로 144년 만에 치러지는 가장 성대한 마하 쿰브 멜라로, 지금 의학 수준이라면 우리가 살아생전에 볼 수 있는 처음이자 마지막 기회라는 것이다.

그리고 초자연 현상.

바로 '인도의 부름'이었다.

불과 몇 달 전만 해도 두 번 다시 인도에 가지 않겠다고 다짐하며 난리를 피운 나와, 뜬금없이 뉴질랜드는 안 가고 인도에 가서 요가나 하겠다는 미키가 인도에서 같이 짜이밀크티를 마시고 있는 현상現狀은 그 어떤 논리로도 설명할 수 없는 초자연 현상現象이었다.

하레
크리슈나!

"데인저러스! 데인저러스! 데인저러스!"

우리가 쿰브 멜라를 보러 간다는 말을 들은 현지인들의 공통된 반응이었다. 데인저러스……

사실 이 부분에 대해선 우리도 어느 정도 인지하고 있었다. 1800년대부터 축제 기간 중 사망자 수가 300~500명에 달한다는 기사와 치안이 극도로 불안하다는 얘기를 몇 번이고 들었던 것이다. 때문에 쿰브 멜라를 찾아가기 전부터 두려움이 컸지만, 이미 가기로 정한 상태에서 우리에겐 천재지변이 아니고서야 다른 행로는 없었다.

그리하여 알라하바드로 떠나는 날, 이번 인도 여행 중 알게 된 일본인 세 명이 바라나시Varanasi에서 합류해 우린 둘보다는 안전한 다섯으로 팀을 이루게 되었다. 그리고 잘 곳도 먹을 것도 없이 모든 건 '어떻게든 되겠지……'라는 막연함에 희망을 걸고 대망의 여정에 올랐다.

바라나시를 출발한 지 5시간 만에 알라하바드에 도착해 거기서부터 앞뒤

쿰브 멜라 회장으로 가는 길 초반부터 앞서 일어난 교통사고로 우리가 타고 있던 버스가 멈춰 섰다. 사고 현장엔 오토바이 두 대가 산산조각 나 있었고, 현장에서 젊은 청년 둘이 눈도 못 감은 채 숨져 있었다. 내가 사고 현장을 보러 가자 사람들은 나에게 길을 터주며 시신을 코앞에서 보여주었다. 그러고는 내가 시신 바라보는 광경을 너 나 할 것 없이 휴대폰으로 찍기 시작했다.

로 줄지어 선 끝없는 인파를 한 시간 정도 쫓아가자, 멀리서 쿰브 멜라 회장이 눈에 들어오기 시작했다.

회장에 다다른 순간, 눈앞에 펼쳐진 너무나 웅대하고 광활한 경관에 우린 모두 말문이 막혀버리고 말았다. 이번 쿰브 멜라 기간에 약 1억 명이 모일 거라는 사실은 알고 있었지만, 이건 상상했던 것을 훨씬 웃돌다 못해 와서는 안 될 곳에 오고야 말아버린 느낌이었다.

날은 저물고, 어깨엔 모든 짐을 짊어진 상태에서 몸은 점점 무거워져 왔다.
지금부터 필사적으로 잘 곳을 찾아야 하는 상황.

　우린 모두 입에서 점잖은 소리를 잃고 정처 없이 걸었지만, 한 시간을 걸어
야 회장 전체의 40분의 1을 이동할 수 있는 이곳에서 잘 곳을 찾는 일은 절망
에 가까웠다. 메인 목욕날까지는 아직 이틀이나 남아 있고, 이러다간 입김이
나올 정도로 추운 날씨에 흙바닥에 누워 노숙을 해야 될 상황이었다. 우린 일
단 짐을 바닥에 떨궈 놓고, 각자 멍하니 앉아 있었다.
　그때 미키가 잠시 사라지더니 한 건 해내고야 말았다.
　텐트만 5만 동 존재하는 이곳에서 미키가 불쌍한 표정으로 눈앞의 텐트촌

우리에게 텐트를 제공해준 사두.
엄청난 확률로 인연이 닿은 그는 정말 믿을 수 없을 정도로 선한 사람이었다.

사두와 무언의 눈빛을 주고받고는 텐트 한 동을 선뜻 얻어낸 것이다.

거기에다 사두는 지친 우리를 위해 바로 고단백 짜이와 음식을 대접해주고, 손수 이부자리까지 깔아주며, 우리가 감사를 표할 때마다 이렇게 외쳤다.

"하레 크리슈나힌두교의 한 종파로 '크리슈나를 찬양하라. 혹은 크리슈나 신에게 영광이 있으라'는
의미!!"

이때 미키는 정말, 대박 하레 크리슈나였다.

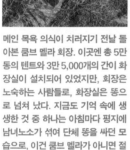

메인 목욕 의식이 치러지기 전날 돌아본 쿰브 멜라 회장. 이곳엔 총 5만 동의 텐트와 3만 5,000개의 간이 화장실이 설치되어 있었지만, 회장은 노숙하는 사람들로, 화장실은 똥으로 넘쳐 났다. 지금도 기억 속에 생생한 것 중 하나는 아침마다 평지에 남녀노소가 섞여 단체 똥을 싸던 모습으로, 이건 쿰브 멜라가 아니면 절대 관람할 수 없는 진풍경이었다.

소문으로만 듣던 밧줄로 엮인 집단들을 실제로 목격한 장면.
이건 일행과 떨어지지 않기 위한 방법으로 우리도 메인 목욕날엔 목도리를
끈으로 만들어 잡고 다녀야 했다.

드디어 메인 목욕날.

144년 만에 치러지는 가장 성대한 날인 만큼 이날만 무려 3,500만 명이 쿰브 멜라 회장에 운집했다. 상감으로 향하는 길은 새벽부터 삽시간에 너무 많은 사람이 몰려버리는 바람에 몸을 뜻대로 가눌 수 없었고, 아주 잠시라도 한눈을 팔면 그대로 일행을 놓치는 상황이었다.

3시간을 걸어 상감을 코앞에 둔 울타리에서 나만 얼떨결에 울타리를 통과하고 미키와 나머지 일행들이 갇혀버리고 말았다.

[여기서부턴 일반인 출입 금지]

도저히 일행들을 통과시킬 방법이 없자 나는 경찰 한 명을 붙잡고 소리쳤다.

"나는 한국 신문기자요! 이 사람들도 모두 기자들입니다!"

그러자 경찰이 의심스러운 표정으로 나를 바라보더니 내 손에 들린 카메라를 보고는 우리 일행을 울타리 안으로 넣어주었다.

사실 거짓말을 하고 싶진 않았지만, 여기까지 와서 목욕 의식을 못 본다는 건 상상도 할 수 없는 일이었기 때문에 내 행동의 옳고 그름을 따질 겨를이 없었다.

일반인들의 통제 속에 사두와 나가사두들의 목욕 의식이 시작되었다.

이날만을 기다려온 힌두교인들과 나, 그리고 덩달아 이날이 기다려졌을 미키. 현장에 있던 사람들 모두 벅차오르는 감정을 통제하지 못하고 흥분해 있던 그때, 눈으로 보고도 믿기지 않을 만큼 어마어마한 인파가 우리를 향해 돌진해오기 시작했다.

"와아아아아아아아아아!!!!!!!!"

지축을 뒤흔드는 함성 소리와 함께 불도저처럼 돌진해오는 인파에 우린 순식간에 흩어져버렸고, 나는 시야에서 사라진 미키가 걱정되어 곧바로 미키의 이름을 부르짖으려 했다. 하지만 사람들 함성에 기가 눌려 목소리가 입 밖으로 나오질 않았다.

그러던 사이 계속해서 밀려드는 사람들 틈에 꼼짝없이 갇혀버린 나는 카메라 렌즈에 머리와 광대뼈를 세게 부딪치면서 본능적으로 젖 먹던 힘을 다해 그 자리를 빠져나왔다. 빠져나와서 보니 마침 내가 서 있던 자리가 사람들이 가장 많이 몰리는 곳이었다.

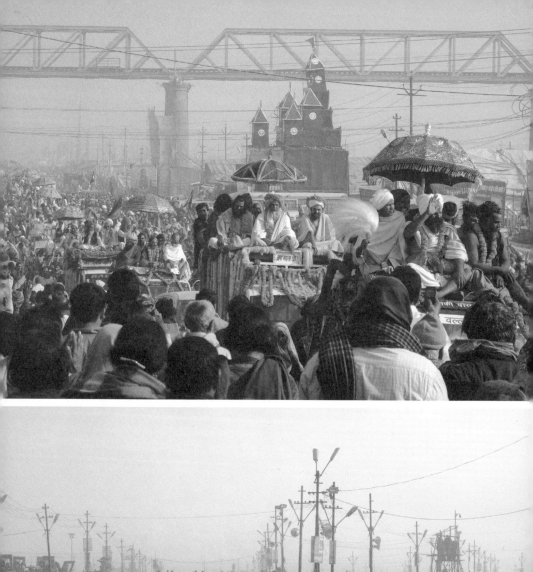

염원하던 쿰브 멜라에 와서 내가
이 자리에 왔다는 것을 기념하기
위해 힌두교식 목욕을 했다. 힌두
교식 목욕이란, 귀와 코를 막고 물
속으로 세 번 잠수했다 일어나 기
도를 올리는 방식으로, 나는 기도
대신 사람을 들어 올렸다.

결국 목욕하는 사두 사진은 한 장도 못 찍고 머리엔 혹까지 생겼지만, 곧 미키를 비롯한 일행들과 무사히 재회할 수 있었다. 우린 이날의 경험을 바탕으로, 통제 안 되는 사람들 틈에 섞여 있는 것이 얼마나 위험한 일인가를 온몸으로 깨닫게 되었다.

메인 목욕이 끝난 날, 우린 출발 장소였던 바라나시로 다시 돌아가기 위해 알라하바드 기차역으로 이동했다. 그런데 맙소사…… 사람이 너무 많아서 기차에 올라탈 수가 없었다. 역에서 밤을 지새우며 기차를 기다려도, 평소라면 몇 분 안 걸려 탈 수 있는 기차가 2시간에 한 대꼴로 왔다. 그마저도 탈 수 있는 상황이 아니어서 우린 사두가 있는 텐트로 다시 돌아가야만 했다. 이날 우리 전역에서 서른여섯 명이 압사했다.

다음 날도 기차 사정은 마찬가지였다. 그 자리에서 하염없이 기다려도 기차를 탈 방법이 없자 버스 터미널에도 가봤지만, 버스 역시 들어오는 족족 초만원이었다. 사람들이 창문과 지붕으로도 올라타는 마당에 우리가 탈 수 있는 공간은 없었다. 전날 버스를 탄 여행자에 의하면 평소 3시간 거리가 30시간이 걸렸고, 정체가 제일 심한 구간에서는 15시간 동안 단 5미터만 움직였다고 한다. 글로는 상상이 안 되겠지만 현장에 있어보면 절로 고개가 끄덕여지는 그런 상황이었다. 어쩔 도리 없이 다시 기차역으로 돌아간 그때, 역무원의 도움을 얻어 기적적으로 기차에 올랐다. 기차를 기다린 지 꼬박 10시간 만의 일이었다.

그런데 기차는 역에서 꿈적도 하지 않은 채 2시간 넘게 서 있었다. 기차도 사람도 움직일 수 없는 상황에서 내 앞에 있던 인도 여인은 실신 상태로 고개를 떨궜다. 여기저기서 비명이 쏟아지는 가운데, 미키가 갑자기 소리 내어 울

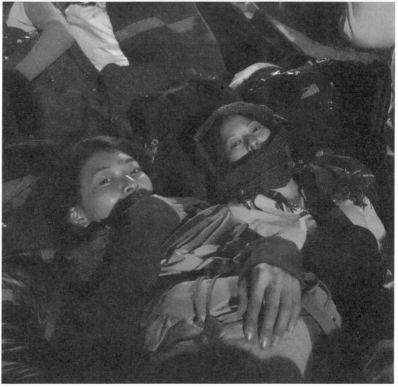

기 시작했다.

처음이었다······.

어딜 가서나 강인하고 듬직한 모습만 보이던 미키가 사람들 앞에서 펑펑 우는 모습은 옆에서 3년을 넘게 지켜보는 동안 처음 보았다.

이때 미키는 한창 생리 중이었고, 그 상태에서 화장실을 갈 수가 없자 공황 상태에 빠져버린 것이다. 나는 우는 미키를 그냥 둘 수가 없어 다시 한 번 젖 먹던 힘을 다해 기차에서 내렸다. 그러고는 서둘러 미키부터 화장실에 보내고, 탈수 증세가 있던 나는 역에서 한참 떨어진 곳까지 콜라를 사러 가서 탄산인 것도 잊고 입에 들이부었다.

잠시 후, 몸이 진정되고 정신도 멀쩡히 돌아오자 미키가 인상적인 말을 했다.

"종교 앞에서 우리는 너무나 나약한 존재야······."

그랬다······. 미키 말대로 종교 앞에서 우린 너무나 나약한 존재였다.

결국 우린 해가 떨어질 때까지 기차를 못 타고 있다가, 다시 한 번 역무원 의 도움을 얻어 가까스로 기차에 올랐다. 이번엔 아까보다 상황이 더 나빠져 서 나는 어정쩡한 자세로 사람들 틈에 끼어버리고 미키는 내 팔 밑에 깔린 채 기차가 4시간 동안 출발하지 않았다. 그런데도 경찰은 계속해서 사람들을 곤 봉으로 찌르며 승객들을 더 태웠고, 기차 안은 싸우는 사람들로 참혹하기까지 했다. 그 상태로 오늘이 지나가기만을 바라고 또 바라는 사이, 우린 둘 다 얼마 나 피곤했던지 평소라면 절대 잠들 수 없는 자세로 깜빡 졸기도 했다.

그렇게 12시간 만에 바라나시에 도착했다.

기차에서 내려 문득 화장실 쪽을 보자, 대부분이 사진과 같은 광경이었다.
앉아 있는 사람 한 명, 서 있는 사람 세 명.

이번 인도 여행은 쿰브 멜라 외에도 유독 많은 일들이 기억에 남는다.

문이 안 달린 버스 뒷문 계단에 미키와 사이좋게 앉아 있다가 바퀴 펑크와 함께 버스 밖으로 튕겨나갈 뻔한 아찔한 사고를 겪기도 하고, 부바네스와르Bhubaneswar에서 호스펫Hospet으로 이동할 때는 기차표를 한 장밖에 구하지 못해 폭 60센티미터 되는 침대칸에 둘이 누워 24시간을 가기도 했다. 그 외, 물가가 비싼 함피Hampi에선 식비를 아끼기 위해 매일같이 암벽에 올라 모닥불로 요리를 해먹고, 푸리Puri 화장터에서는 망자가 한 줌의 재가 되는 과정을 보면서 우리 삶의 무게를 조금 더 가볍게 해석해보기도 했다.

그렇게 10주간의 여행을 마치고 인도를 떠나는 날,

나는 뉴질랜드로, 미키는 일본으로 갔다.

뉴질랜드에 흥미가 없던 미키가 어쩌면 마지막이 될지도 모르는 나의 워킹 홀리데이를 혼자라도 체험하고 올 수 있도록 배려해준 것이다. 미키는 헤어지면서 비상금 1만 엔과 주운 천으로 만든 미니 미키, 그리고 다음과 같은 편지를 남겼다.

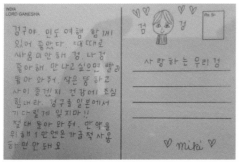

미키 편지와 미니 미키(작은 뚱).

미키와 떨어진 후 나는 뉴질랜드에서 2개월간 아르바이트와 영어 공부를 하고 다시 일본으로 돌아갔다. 우린 만나자마자 같이 고철을 팔거나, 인터넷 경매로 소소한 용돈 벌이 생활을 했다. 현재는 둘 다 한국으로 들어와 결혼한 지 41개월 만에 처음 마련한 5평짜리 월세방에서 웃는 집에 복이 깃들도록 매일같이 웃으며 지내고 있다.

우리는 인생이 어떻게 흘러갈지 생각해본 적이 없다.

우리는 예언가도 아니라서 막연한 미래를 예측하지도 못한다.

그러나 분명히 애기할 수 있는 한 가지는 우린 앞으로도 머릿속의 '번뜩임과 끌림'을 생생히 안은 채 지금처럼 자유롭게 살아갈 거라는 점이다.

글로벌 거지 부부, 끝!

●

에필로그-

세계 속을 걷는 여인들 ─시오리·히로코·이팡─

길 위에서 많은 시간을 보내다 보면 드물게 마주치
게 되는 부류의 여인들이 있다. 그녀들은 웬만한 남
자보다 위풍당당하고, 꿋꿋한 삶의 철학을 가지고
있으며, 꿈틀대는 생존 본능으로 세계 속을 걷는 슈
퍼 초인들이다.

시오리

여행자들로 가득 찬 인도 파하르간지Paharganj의 허름한 식당에서 합석하게 된 한 명의 여인과 젖먹이 아이.

내 맞은편에 앉은 여인은 주변 시선 따윈 아랑곳없이 내 정면에서 젖이

일본 홋카이도(北海道) 출신 시오리와 그녀의 딸 아미리.

가득 들어찬 유방을 꺼내 아이에게 젖을 물리며, 나에게 형식적인 눈인사를 건넸다.

나는 상당히 쿨해 보이면서도 어딘가 어둠이 있는 것 같은 그녀와 밥을 먹으며 자연스레 말을 섞게 되었고, 어쩌다 보니 말이 잘 통해 서로의 여행부터 시작해서 사적인 얘기까지 나누게 되었다. 잠시 후 그녀가 눈알을 허공에 몇 번 굴리더니 의자 등받이에서 등을 확 떼며, "혹시 부인 이름이 미키 아니야?"라고 물었다.

'어라? 대화 도중에 미키 이름은 한 번도 나오지 않았는데, 어떻게 알았지……?'

그녀는 궁금해하는 내 표정을 읽고 바로 설명해주었다. 오래전 그녀는 지인을 통해 일본에서 미키를 만난 적이 있었다고 한다. 그러다 자기가 네팔 사람과 결혼해서 인도에 이주해 사는 동안 미키가 한국인과 결혼했다는 소식을 어렴풋이 들은 기억이 있어 '미키'라는 이름을 꺼내본 것뿐이란다. 그녀는 내가 그 한국인일 줄은 꿈에도 몰랐다며 나보다 더 놀라워했다.

거주 목적으로 인도에 막 도착했던 나는 인도 거주민 시오리에게 인도 문화와 종교, 현지의 살아 있는 정보 등을 얻으며 일본에 있는 미키가 인도로 오기 전까지 잦은 만남을 가졌다.

그런데 시오리는 딸을 끔찍이 아끼고 예뻐하면서도 자기 입으로 남편 얘기는 한 번도 꺼내지 않았다. 그런 쪽으로는 눈치 없는 내가 그 이유를 조심스레 물어보자 시오리는 불과 몇 주 전 남편과 성격 차이로 남남이 되어 현재는 혼자서 아이를 키우고 있다고 대답했다.

나는 괜한 걸 물어봤다 싶으면서도 일반인이 맨정신으론 버티기 힘든 인도

시오리는 최근 일본으로 돌아가 아미리와 함께 안정적인 일상을 보내고
있다는 소식을 전해왔다.

에서 양육비는 어떻게 감당하고 있는지 다시 물어보았다. 그러자 시오리는 이상하리만치 태연한 표정으로 나를 보며 "애 키우는 데 돈이 왜 필요해?"라고 되물었다.

그러고는 곧바로 내 머릿속에 박혀 있던 고정관념을 하나하나 깨부수듯이, 아이 밥은 자기가 먹는 밥에 숟가락만 하나 얹으면 되고, 기저귀 역시 빨아 쓰면 되니 혼자 있는 것과 지출이 크게 다르지 않다고 말하며, 과도한 청결로 아이가 가진 면역력을 떨어뜨릴 필요가 없다는 것을 강조했다.

그리고 아미리가 그저 지구에 해롭지 않은 사람으로만 자라면 된다는 시오리의 말을 들으면서, 나는 아이를 키워본 적도 없는 주제에 한국에서만 접한 육아 지식을 가지고 참으로 부끄러운 질문을 던졌다는 생각이 들었다.

히로코

태국과 라오스의 국경 마을 치앙콩에서 마을 구경을 하던 중, 굴러가는 게 신기할 정도로 낡은 삼륜 오토바이를 탄 여인이 말을 걸어왔다.

여행객의 발길이 드문 이곳에서 우리에게 말을 건 여인은 히로코라는 일본

히로코의 게스트하우스 겸 그녀의 가족이 사는 집.

인이었다. 그녀는 초면인 우리에게 구수한 오사카 사투리로 치앙콩을 설명해 주더니 차나 한잔 하자며 직접 운영 중인 게스트하우스로 우릴 초대했다.

걸어서 10분이면 전부 돌아보는 아담한 동네에서도 꽤나 외진 데에 자리 잡은 그곳에 도착하자, 제일 먼저 그녀와 똑같이 구수한 일본 사투리를 쓰는 히로코의 딸 요우코짱이 우릴 반겨주었다.

한눈에 보아도 이국적이고 조금은 원시적인 환경을 보며 우리는 '이런 곳에 일본인이?'라는 생각이 들었다. 실제로 히로코는 일본 공중파 방송 〈こんな所 に日本人？이런 곳에 일본인이?〉에도 소개되었는데, 그녀의 사연은 이러했다.

27살 때, 그녀는 태국 여행 중 머물게 된 숙소에서 관리 일을 하던 19살 소년과 서로 호감을 가지고 태국과 일본이라는 원거리 연애를 시작하게 됐다.

이 둘은 상대적으로 유복한 히로코가 태국을 왕래하며 4년간 연인 관계를 유지해오다가, 남자 친구 씽이 23살이 되던 해에 그녀가 먼저 프러포즈를 해 치앙콩에 정착한 사례로, 여기까지는 흔하진 않더라도 유달리 특별한 이야기 는 아니었다. 그러나 그녀의 결혼이 비범하지 않은 결정적 이유는 씽이 바로 국적이 없는 무국적자라는 점이었다.

씽은 라오스 산악지대에 살며 아직도 활로 사냥을 하는 소수 민족 출신으 로 집안 생계를 위해 태국 국경지대로 넘어와 일을 하고 있다가 히로코를 만나 결혼까지 하게 되었다. 하지만 소수 민족인 탓에 여권을 만들 수가 없어 부인 의 나라인 일본엔 가본 적도 없고, 갈 수도 없었다. 그에 따라 당연히 혼인신고 도 할 수 없어서, 히로코는 둘 사이에 태어난 딸이 취득한 태국 국적을 가지고 보호자의 입장으로 태국에 체류하고 있는 상태였다. 우린 문득 히로코의 입장 이 되어 생각해보았다.

히로코는 방송에서 이렇게 말했다.
"自分の見つけた場所で見つけた人とハッピーです!"
(내가 발견한 장소에서 찾아낸 사람과 함께여서 행복해요!)

　　혼인신고도 못 하고, 2세를 낳지 않으면 장기 체류조차 불가능한 데다, 이미 선진 문화를 누려본 사람이 소수 민족 가문에 출가하여 적응할 수 있을지……. 게다가 남편과는 서로 모국어가 아닌 태국 말로라도 의사소통을 한다지만, 민족어를 쓰는 남편의 가족들과는 대화가 어려운 환경이었다. 그러나 히로코는 이 모든 상황에서도 잘 적응하며 살고 있었다. 그런 히로코를 보면서 우린 둘 다 사랑보다 우선시되는 환경(예를 들면 종교, 집안, 배우자의 능력 등)이란 존재하지 않는다는 것을 가슴 깊이 깨닫게 되었다.

이팡

스리랑카 하푸탈레 산길을 오르는 길에 마주친 동양계 여인 이팡.

현지인과 나와 미키 외에 또 다른 이방인은 없는 이곳에서 자연스레 산길을 동행하게 된 그녀는 여행 중 스쳐 가는 수많은 인연과 달리 그 첫인상부터가 남달랐다.

대만 국적의 이팡은 미키와 비슷한 또래에 150센티미터가 조금 넘어 보일 정도로 몸집이 작았다. 하지만 암벽 등반으로 다져진 널따란 어깨와 2010년에 1994년도 판 스리랑카 가이드북을 들고 있는 모습은 언뜻 보아도 이 여인이 길 위에서 쌓은 내공이 예사롭지 않음을 알 수 있었다.

그녀는 실제로 여행 경비를 절약하기 위해 스님과 친구가 되어 절에 들어가서 자기도 했고, 여자로서는 위험부담이 큰 히치하이킹을 밥 먹듯 했다.

스리랑카에서도 예외 없이 공항에서 시내까지 히치하이킹으로 이동한 그녀는, 자기를 태워준 현지인 가족 집에서 무료로 숙식을 해결했다. 그리고 우리와 우나와투나에서 다시 만났을 때는 주얼리 공방에서 숙박을 하기로 한 상태였다.

스리랑카에서 잠깐 알게 된 인연으로 가끔씩 안부를 주고받던 우리는 신기하게도 같은 시기에 두 번이나 인도에 있었지만, 거리상 만나지는 못했다. 그러다 2013년 여름, 나 혼자 대만에 농사 체험을 하러 갔을 때 3년 만에 다시 만나게 되어 그동안 있었던 서로의 이야기보따리를 풀어놓았다. 그러던 중 귀국한 지 얼마 지나지 않아 또 새로운 여정을 계획하고 있다는 그녀의 말에, 나는 진심으로 이 여인이 이대로 괜찮은 것인지 앞으로의 행보를 물어보았다.

"이팡은 30대 후반을 앞두고 있잖아……. 결혼 생각은 없어?"

"음…… 결혼이라……. 운명의 상대가 나타나면 하고 아니면 아닌 거지. 초조해할 것 뭐 있겠어? 그리고 저번에 만난 유럽 남자 친구가 너무 개새끼였어. 그래서인지 당분간은 남자 만나고 싶은 생각이 없어. 혼자가 좋은 이유도 있고."

"대만에 정착은 안 해?"

"몰라(웃음), 나도 너처럼 대만에 돌아왔을 때 집이 없는 것이 걱정이긴 하지만, 나를 이해해주고 도와주는 친구들이 있어서 당장 집이 필요하거나 대만에 있어야 하는 이유는 없어. 그리고 최근엔 대만 섬에 원주민으로 정착한 미국 친구가 있어서, 지금은 언제든 거기로 갈 수 있어. 며칠 전에도 다녀왔는데 파라다이스가 따로 없더라고……. 너도 소개시켜줄까?"

"돈은 안 필요해? 돈이 있어야 여행도 하잖아."

"있으면 있는 만큼 좋겠지만, 내 현실에 맞는 소비를 하면 실생활에서도 여행에서도 돈이 많이 필요하진 않아."

"그럼 명품에는 관심 없겠네? 예컨대 루XX통이라던가……."

스리랑카 하푸탈레에서.

"루 뭐? 그게 뭐야? 들어본 적이 있는 것 같기도 하고……."

"여행 중 재미있는 에피소드는 없어?"

"3년 전 너와 미키를 만난 이후로 카메라를 두 번이나 잃어버렸어(그녀는
준전문가용 DSLR을 쓴다). 그런데 웃긴 건 말이야, 그럴 때마다 나보다 주변
사람들이 더 안타까워하는 거 있지(웃음)? 그것 말고는 딱히 없었어."

"나이를 먹는 두려움은? 난 84년생인데 완전 부럽지?"

"아니."

"무엇이 그렇게 세계를 떠돌게 만드는 거야?"

"난 인생에서 다양한 경험을 하고 싶어. 세계를 내 눈으로 직접 보며 빠져드는 장소가 있으면 거기서 살 계획도 있고……. 너는 대만을 아주 좋게 얘기하지만, 나는 네 말에 전적으로 동의할 수 없는 부분이 있거든. 그것이 나를 움직이게 만드는 이유이기도 하지."

"그렇다면 안정과 경험, 둘 중 하나를 선택하라면 무조건 경험이겠네?"

"당연하지."

"앞으로의 계획은?"

"여기서 아르바이트를 하면서 돈이 어느 정도 모이면 유럽으로 떠날 거야. 가서 내가 살 만한 나라가 있는지 찾아봐야지. 어쩌면 너와 대만에서 만나는 것은 이번이 처음이자 마지막일지도 몰라(웃음). 그리고 가급적 많은 나라의 언어를 공부할 거야. 언어는 너무 신기하고 재미있거든(그녀는 모국어 외에도 영어, 일본어를 일상생활에 지장 없는 수준으로 구사한다)!"

"이팡! 언제 어디선가 다시 만날 수 있기를 기대할게!"

"그래! 너도 미키랑 항상 건강하게 지내고 다음엔 너희 나라에서 만나자(웃음). 그리고 이거 하나만은 잊지 마. 운명이란 너의 힘으로 바꿀 수 있는 거야. 모든 운명을 너에게 좋은 쪽으로 끌어당기면 돼. 그러니깐 무엇을 하든지 운명론자가 되어 쉽게 단념하지 말고, 네가 하고 싶은 걸 꼭 이루길 바라! 뭐든지 '엔조이'하는 거야! 알았지?"

再見(짜이지엔)!!

부록 ....

미키의 生 리얼 노숙 시리즈

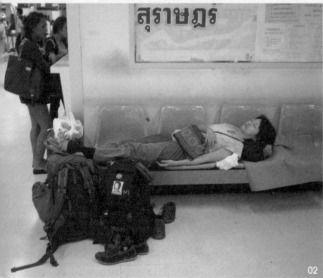

01 인도네시아 발리 공항.
02 태국 방콕 버스 터미널.
03 말레이시아 쿠알라룸푸르 국제
공항.
04 호주 퍼스 공원.
05 인도 부바네스와르 역.

결혼기념일

01

01 결혼 1주년 · 호주 퍼스.
02 결혼 2주년 · 태국 푸껫.
03 결혼 3주년 · 인도 코친.

02

03

글로벌 거지 부부의 배낭 물품 *2010~2013년 평균치

← 거지 남편

수건 x 1, 세면도구
(비누, 면봉, 폼 클렌징,
스킨, 선크림, 칫솔,
대일밴드)

카라비너 x 3,
자물쇠 x 2, 침낭, 빨랫줄,
체인, 2인용 텐트, 코펠, 넷북,
방수팩, 정수기 물통,
국제면허증

배낭

반팔 x 2, 긴팔 x 1,
반바지 x 1,
반바지 ↔ 긴 바지 x 1,
다운재킷 x 2,
방수 방풍 재킷 x 1,
내복 상 · 하의 x 1,
팬티 x 2, 양말 x 3

운동화 x 1,
샌들 x 1

옆가방

볼펜,
수첩, 휴대폰,
헤드 랜턴, 카메라, 전자사전,
손톱깎이, 인형,
포크숟가락

착용품

복대, 나침반 시계,
선글라스, 모자

긴 바지 ⟷ 반바지

여행용 텐트는 2킬로그램 미만의 경량 텐트를 사용한다. 모기가 많은 숙소에서는 모기장 대용으로도 사용 가능.

식비가 부담스러운 곳에서는 코펠로 요리를 만들어 먹으며 식비 절약.

남편의 뇌 구조

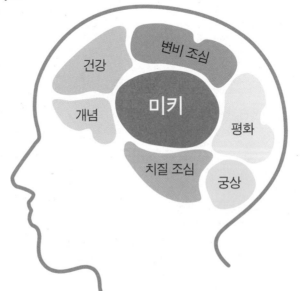

거지 아내

반팔 x 2, 긴팔 x 2,
긴 바지 x 2, 다운재킷 x 1,
플리스 x 1

침낭, 우산,
코일 히터, 컵,
과도

배낭

수건 x 1,
목도리 x 1, 양말 x 3,
내복 상·하의 x1,
팬티 x 3, 브라 x 2,
탱크톱 x 1, 천 생리대

운동화 x 1,
샌들 x 1

옆가방

착용품

지갑, 나침반, 휴대폰,
카메라, 이어폰

복대,
선글라스

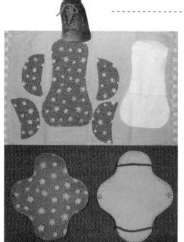

천 생리대(Made By MIKI).

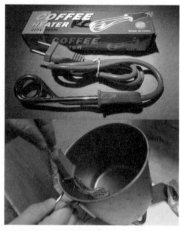

커피 물을 데우거나, 라면 물 끓일 때 유용한 코일 히터. '응급 치질 처치를 할 때는 좌욕물 덥히는 데 쓰이는 완소 아이템이기도 하지만, 지금까지 세 번의 폭발과 다섯 번 이상의 감전 사고를 겪게 만든 무시무시한 아이템이기도 하다.

左) 거지 남편 배낭.
右) 거지 아내 배낭.

아내의 뇌 구조

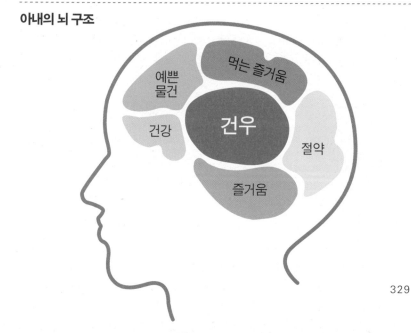

예쁜
물건

먹는 즐거움

건강

건우

절약

즐거움

같은 옷, 다른 느낌 Ⅰ

같은 옷, 다른 느낌 II

고마운 분들

블로그에 똥 얘기만 적어오던 나를 작가로 만들어준 미스 교보 김지영.

한국에 올 때마다 물심양면으로 도움을 준 대전 가양동 밤집 아들내미들과 한 육체로 두 가지의 추접한 영혼을 가진 박생규.

항상 항문의 안부로 인사말을 여는 작가 서영교와, 최근에서야 나의 신생아 시절 구타 사실을 커밍아웃한 박마데.

'잠은 무덤에서 충분하다'고 말하면서 지가 제일 잘 처자는 김동주.

엉덩이만 때렸다 하면 그저 좋아죽는 상아저씨 김문용.

마지막으로 나의 인생과 추억, 사상을 풍요롭게 만들어주고 32살에 천국으로 여행을 떠난 존경하고 사랑하고 보고 싶은 멋진 여행가 이정철.

이정철(1982~2013)